全椒古籍叢書

金和集

4

（清）金和　撰

政協全椒縣委員會　編

國家圖書館出版社

第四册目録

秋蟪吟館詩鈔八卷(卷三—八) (清)金和 撰 稿本……一

（清）金和 撰

秋蟪吟館詩鈔八卷（卷三—八）

稿本

三

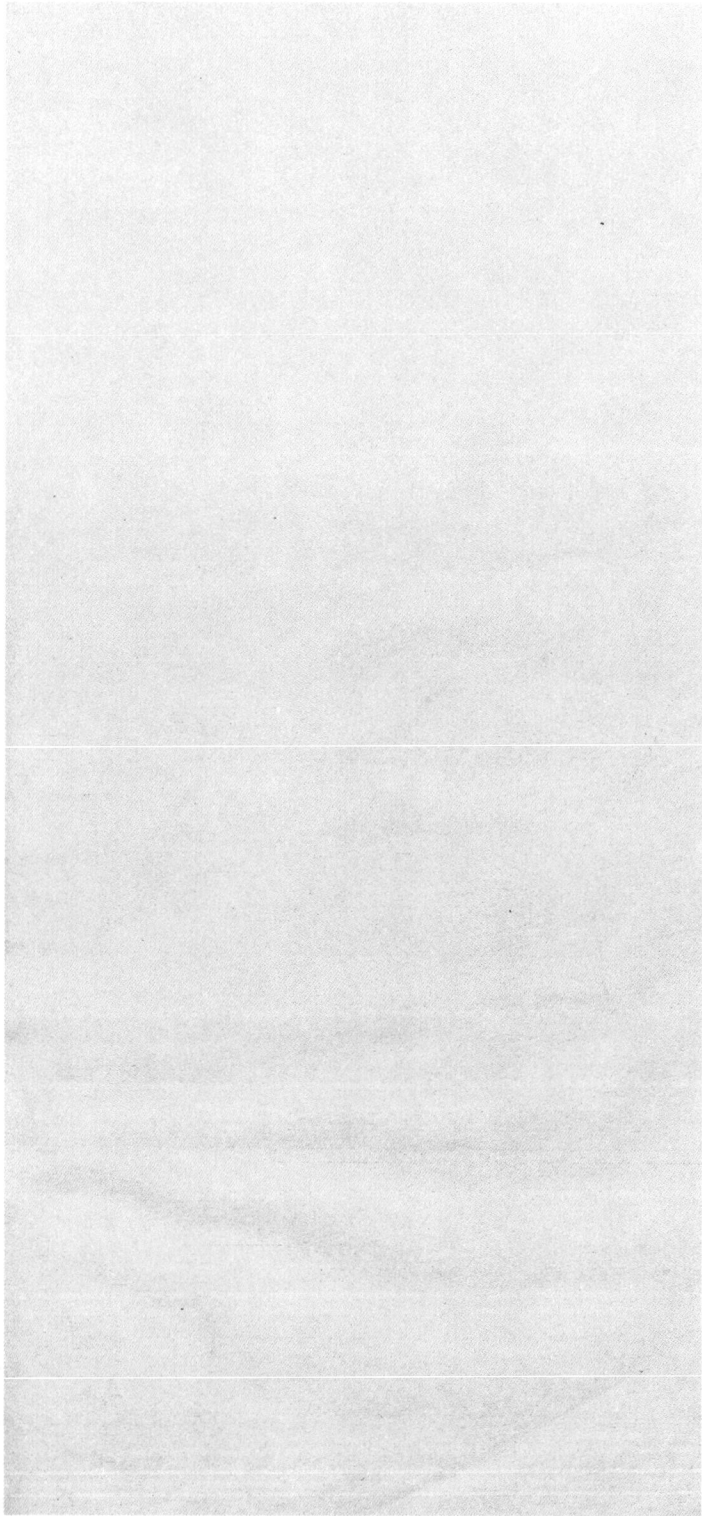

秋蟪吟館詩鈔卷三

上元金和亞匏

椒雨集下

雙拜岡紀戰

我過雙拜岡紅日漸西入一隊蜀郡軍赴戰意甚急道旁留狐疑相遭頓雲集前行未百步楚士兵各執相伺何人家環屋四邊立尚欲踰垣看攀樹當梯級蜀軍自東來呵逐楚士開楚士轉身鬭鄙聲馳如雷大刀狂有風長矟疾於雨雙拳鷹鶻兜獨脚象鼻吐貼地捷進猱衝天善飛虎身挾車輪盤氣振屋飛舞纏鷩彼洞肩卻

是此斷股額批創更裏胸貫罵猶苦直似父母讐豈但
酒肉怒從來攻城時未見今日武雖各數十人半里暗
塵土觀者魂晝褫前揖敵笑阻兩軍鬬方酣一人怒馳
馬竟從此門出瞬已到山下楚士紛逐之讕語餂鴟啞
馬上必蜀人楚士所捉者蜀軍志擁護鴟散亦走野吾
儕好選事畧息行人喧稍〻相問訊來窺此家門門中
一幼婦。赬顏自訴冤我亦不必問汝亦不必言
ε將問
我何言問諸將諸將之來自　天上　帝視公等何如
人專闔羊是能羅匡相期併力殲黃巾他年一閣圖麒

麟公等伴賊八千里於古步〻綏當死軍興於今四年
矣神州之兵死億萬以罪以病不以戰大官之錢費無
算公半私半賊得半奏捷難爲睡後心籌糧餉缸奪民
家爨今春自楚東下時賊船如馬江頭馳頓軍何事來
偏遲坐令嚴城入賊手五月不能攻下之公等尚學飲
醇摑白頭老盡連營師　天語勿謂督責寬雷霆只是
駢誅難謂當補過桑榆晚訓　恩不負登時壇昨聞北
去賊中原數郡犯及今無寸功罪狀誰末減君不見百
戰百勝新息侯征蠻到死謗還留

兵問

二

兵來前吾問汝汝今從軍幾年所且不責汝無事年年
年用 國如山錢亦不責汝近年事事ニ弓刀畫兒戲
只汝出門時汝家復有誰若父若母若汝妻若兄若弟
若汝兒骨肉哭路歧不能親相遺甬觀代街悲祝汝歸
無遲自從送汝後竟無見汝期古人亦有言生死半信
疑何知汝身在身在心死久煙脉鴆毒甘博局梟采負
帳下畜部童路上誂部婦部民米与衣結隊惡聲取縱
免將軍誅可告汝家否汝家儻聞知念汝罪難赦老者
愁可死少者悔可嫁壯者欲汝囚幼者亦汝罵汝或猶
有心不淚當汗下計汝惟一斬功罪在反掌豈但慰汝

家報 國受上賞君不見中興第一韓良臣本是軍門
舞槊人

己 雙將行

如我語〻謝將軍將軍何以威名聞賊不敢割鍾山雲
鍾山在東營最後西前一營倚山右逼賊一里与賊守
其將白面二十餘一槊殺賊〻不如賊以千刀來一槊
已入刀中詐賊以萬火來一槊已出火前趨賊恐賊且
退一槊闌賊當溝渠賊敗賊乞命一槊驅賊如羊豬東
城之賊夜不眠由來軍中有一全玉貴（參將名）更結一營鍾
山南但願賊至戰便酣其將短身近三十兩刀飛舞對

三

賊立開門延賊〻不入出門挑賊〻不集捉刀稍前賊
走急賊走未步刀已及刀剸眾賊環而泣但聞刀聲風
習〻不知所殺著手級夜上半邊人血溼南城之賊塵
不揚由來軍中有一張都司國樑名軍聲仗此二人在鍾山
尚在桃源外將軍無言坐帳內

8全君者野人起卒伍在楚南有禽偽王子功甲寅春
已官總兵奉　命佐和春督師攻廬州君至則當賊
而營戰甚力其六月脊骨傷於礮經數醫鐵丸不得
出憤極創潰卒張君者字殿臣粵人自賊中來歸今
已積功至提督幫辦軍務方全君之去江甯向榮督

師指臂惟君一人而已三年以來賊狼衛豕突致君
奔命不遑雖積有威聲所向披靡然循江上下南北
人皆待命於君則君亦瘁矣今年五月鍾山之潰君
遑逐賊溧陽或云之合在閘而馳歸衛督師東下止於丹
陽督師旋以憂死時賊勢方盛分數道並進君以死
力支之嘗於一日夜來往三百里內各與賊戰戰比
勝他軍亦數萬君所不至無敢戰者苟非君一人撐
拄既潰則常州以下東南郡邑事未可知焉他日吳
中尸祝之報竊以為不在向督師而在君也 丙辰八
月補識

8 鄰婦悲時復屬鍾山南二里之郁民劉氏

還家不得處寄居非家時涼雨睡未起但聞鄰婦悲鄰
婦作何語一家十三人中春纔餘日盡死餘一身此禍
何自起起自賊至夜夜半聞刀聲走避北山下遠投山
下郁郁中阿姊家自然驚失魂遺風播在沙風沙將魂
去老幼一時病舅姑年最高先後遂並命夫婿及小郎
未嫁阿妹三比肩小男女四女纔一男此病死累同彼
病死不異朝死棺未封夕死棺又至官軍駐鍾山四月
歸家來生者尚何人一女嬴母懷頃者天大暑此女復
病死生者尚何人屋內一身矣如何乞醫藥死者未死

前死者既死後如何償葬錢惟有一塊田亂時向誰賣賣後衣食難但恨一身在一身豈免死死胡獨後期一身豈惜死死更無人知人間人不知鬼路鬼自熟只願作鬼安不願作人哭不願作人哭哭聲已不支問荅有老翁欲慰難為辭鄰婦如此悲所以摧心肝我非鄰婦悲何以眼鼻酸

見彗（七月初八夜戌亥之間見西方自後日早半刻至八月初遂不見）

半輪秋月外頓見一星長直与繩同體明如燭有芒衆心襟驚喜（或謂彗見是財方盛時或謂彗見則財滅是二說者余皆未敢知也）余說只尋常彗自經天之西人論已詳（余於天文無所知惟古以彗占驗者亦不必盡合嘗

見西洋人書謂彗星非一恙以往事推之其周天也亦約畧可得其年歲如道光五年所見之彗至道光三十二三年間當復見今則正其時矣西洋人之言天文未免与王荆公同病然其所見之年歲能預言之恐亦未可厚非可以俟博雅君子教我焉

病瘧

郵舍去客遠談笑無單儕何知鬼之瘧天外來投懷此亦我舊交形影歲所偕每當秋風先与我同忙槐附體必數日病已盤根荄今年況殘魂陰路經歲褰脫阱雖苟活衰憒薾筋骸重以起居惡衛生失模楷當暑屢道暍身犯炎海涯或行遇急雨如浴無巾揩夜眠憎飛蟁枕畔燒麥藍檐滯食涼多竹扉常半闔寒熱紛中傷汝

愈祟有階但我漸苦飢糲飯斷韭鮭不是腥羶腸谿壑
塡珍饈我又澀酒錢三簻貫茅柴不是淫淫脾狂釅傾
江淮汝失藏神助宜汝事不諧汝胡及瓜到鬼爲善夙
差方坐看荅田十指猛束縮夕陽紅半天疑當北風飄
不覺腕欲脱運帚還掀簸齒擊不得噤肩背冰山排急
走將入屋腳僵步徘徊假睡之短檠體縮師涑蠶布韉
如立雪牀上更著鞋喘聲夏畦牛泥色春牆蝸股瘦露
緣坂頭睊浪擲韓稍時口舌隹蕨躬火赤皆自眼生罣
花窗月所昏羅向人索苦茗平椀看作華土穴幺蟲鳴
入耳犬吽唯老拳自椎胸豈會大力懷口中字罵咤絕

似洪荒哇訏童記其語可以驚羲媧直待靈夢醒膩汗
流涔涔起來鐙前泣汝意太不佳聽汝惡作劇我骨將
成豺鴻毛命固輕死尚無人埋明日當避汝賺汝尋長
衕昂昂天家兵瞋目馳駿騧殺氣逼汝散橫腰鞬與戟
不則鍾山隅往從高僧齋神光仗慈雲汝敢松林挨靈谷
寺松林數里梁誌公塔在處處可逐汝乞一免死牌瘥
焉佛像亦半為賊燬矣
鬼在旁笑此計稚且乖嬉冰各將士雖伏同裙釵瘥鬼
厲加之丈夫對粉娃諸佛污金身不如凡緱緺瘥鬼醜
過之若魅逢罔俳君譬寶腐鼠而欲學怒蛙何不君吟
詩野語驅驕羣苦心敵病魔音襍鸞梟喈闒君將渡江

鬼請反自厓放君杜陵豪毋致齊侯痎
㠯將渡江之全椒作書寄母
入秋已一月別母今歸時母之命兒行謁獻軍門奇百
謀不一合前事母盡知近來寄人食十日常五飢身上
衣絝單涼風作聲吹前者瘧又發熱甚體頗羸脉頭無
一錢邪中亦少醫全椒舅若姊書已三回馳召兒居全
椒今日兒難辭當兒出城來萬慮不到斯一城尚隔絶
渡江況遠離束髮受書初侍母鐙下惟母言教兒勞翻
祝科名遲常〻依膝前負米底不怡讀經至盲左包胥
退吳師小子沈后臧入吳与毋遺一旦自歸楚棄毋甘

七

如遺葉公不已視兄弟生鄙吏論史至典午劉琨急義
旗奉表命太真毋裾絕臨歧既去并州鄉身遂東南羈
功雖歉士行天性識者疑毋輒許兒前毋效著所為所
為非人情不念生平慈兒亦號白毋但效萊綵嬉似此
忘親恩豈不根本虧何圖夙所貽一一兒蹈之毋猶寄
賊中兒竟遊天涯毋今病著何賊是無行期何年面重
見何月手復持何日聲相聞何時淚對垂兒縱得長生
白髮臥着誰作書忍辭毋強顏述愁眉雖多慰藉語大
要同面欺遙想毋見書絕無責兒詞責兒〻已遠惟有
長相思相思顧兒健仍似從前癡癡極思更苦定復憑

不支悲時孰勸毋當未生此兒果未生此兒尚無今日悲

過烏江項王廟（廟於今春已為賊燬惟一塔僅存）

仄聞南朝時神最吳興著赫赫下江王不容太守倨後來狄梁公檄語責項羽神雖起江東欲渡已輒沮其事近淫祀未必果神助至若烏江亭是神失楚處千古馳騅靈風雲宜此取當宋紹興中金兵伺淮徂過廟欲毀之神坐大蛇踞敵衆相驚疑夜半飛騎去惟神常歸魂難故自驅除今春粵賊來草草一火遽此賊乃幺麽視金迥不如何事騰毒燄神威竟蕭覼金身委泥沙於神

似無与豈避戾氣重神早怒龍蓊維神在生年雖用暴
損磐若論天下雄劉季合僕御獨走淮陰侯一失出千
慮百戰終天亡五體受刀鋸僅棲尺寸土名則憤王署
更遭末路焚血食不得茹神猶有窮時便官短借箸畱
怪吾輩人坐任虎豺飫金陵百萬家罹盡當殺詎陰獄
歸一網長夜難復曙上天悔禍遲逋逃臣敢詛要以此
理言天意似不恕將謂數使然數又孰所據艤舟欲叩
神衢冠定猛噓我亦能楚歌神同一哭歟

宿烏江

鼙鼓聲漸遠客心愁更多回頭望鄉國來日竟如何家

信寄難達鄉音聽已訛瓜棚燈影下對酒敢高歌

曉發烏江

單車碾殘月郊巷荅雞聲花露逼人冷蕉衣如紙輕江空催曙色山瘦讓秋晴親舍日遥遠白雲何處生

烏江道中又作

車歷三百里處處稻苗齊樂歲無豺虎仙源比犬雞客愁如水冷鄉夢與雲低倚樹消殘醉病蟬時一嘶

抵全椒 余生於全椒九歲歸江甯今二十有八年矣

襄水重來老大身兒時井里認難真誰知竹馬看花地今作池魚避火人以後生年原幸草無多客路已勞薪

望門遺處砍桑窩甥舅爭先話苦辛

到全椒後偏飲諸親友家

乞食居然似壯遊到來宵燭總句留羞談年事同胡賈

愛聞鄉音又楚因諸親友家頗有江甯人寄居者酒力能除兼月病蟲

聲不改故山秋人前彊道思親苦豈抵重幃老淚流

聞落葉聲有感

夜夜空階落葉横因風遺處答蟲鳴紙窗如墨無疑雨

華髮成絲是此聲蘭芷江邊還客淚蘼蕪山下故人情

飄零自分無歸日畧向岐途訴不平

呈從舅吳築居先生

我生方八歲全家寄舅居突々修竹中許借聽雨廬阿舅纔中年仗筆為農鋤遠作珠履賓歸已逼歲除劇与我父飲到鼓一中餘我幼何所知階前鳴輕琚阿舅月旦寬道甥器璠璵其時浩然師即先生弟余第六舅也下帷治經會我母屢多病命兒就受書讀了不異人蠢々奴牧豬不過問字勤朝至髮未梳宵雪侍披吟免觸屏風咭阿士無文章何以當過譽明年還江南行及燒燈初阿舅惜甥去門前送登車諄々語我母長路毋苦渠別舅從此始見舅日以疏惟當試秋闈阿舅來自滁一月金陵城我母接笑啖謂舅非外人會恒糯与蔬舅必叩甥學

十

陳編執獵漁我敬前請益常得疑團祛後來舅漸老名
場厭齟齬忙槐意常慵罷券博士驢我尤負舅望少壯
成棄樗娽娽局轅下足不出里閭我母況更衰家乏升
斗儲寒饘急甘脆麼務慗紛挐地雖百里近欲行仍姑
徐与舅遂隔絕似限參辰墟前年吾師云會喪豈濤諸
適我病甚危天末哀空茹遥知阿舅痛一翼忽折鷄鼓
琴失舊曲老淚常溼祛我母每念舅縈目意不舒詎之
尺素通情話難畢臚今來投舅家叩門自愁余長身臞
骨在瘦影疑山魈西月黑且醜蓬髮森栟櫚回首三十
春如瞬駝居諸何知拜舅時乃作逃網魚阿舅幸尚健

教甥停歉戲薄田歲有收不愁甥會精為縫秋衣裳且脫六尺綠舊時我居屋百花香露滑大好尋鶴夢月地魂遶〻所恨行過處久哭絳帳虛阿舅待甥厚敢辭春風喧眼前母家人日〻歡相於我母臥圍城舅謂悲何如

馬總戎龍卒於軍弔之

若論江南將如君頗不多志難忘隳觀語必到揮戈獨戰能行否無醫棗病何別時珍重意今日為悲歌

九月九日憶家

登樓忍歸書秋殘尚有清明淚未乾敢望菊開容手把

土

但聞萱好亦心寬愁多自厭鴟聲亂別久方知馬角難
等在山城風雨節衆中我獨不勝寒
8上海土賊陷城縣令袁君祖德死之其賊魁曰小
金子前已為袁君所獲而未殺至是竟為所害
聞之感賦
屠伯原非治行宜牽他觀釁假耕時效尤竟敢欺强弩
用撫何傷斬亂絲一命貸狼搖尾易萬聲讐鳳噬臍遲
盤根錯節今都是寄語龔黃早主持
寓築居闢小園坐上諸君皆有贈詩賦酬
過江原似故山行卻戀南雲夢不成許我看花先富淚

對人把酒且吞聲，胸如冰塊因誰熱，髮有霜華早自驚
青眼未須頻屬望，飄萍從此是餘生

己酉以前先兄荷生歲一至全椒埽外祖父母墓
皆館於築居舅家，座中有言及者，愴然成詠

華堂一樣晚開筵，孤雁招魂已四年，每憶風流都隔世
倘憑福慧已班僊，天教大夢遺胡蝶，我贖殘魂作杜鵑
回首秋墳衰草下，可能調護阿龍眠（云兒祁小名阿龍，本嗣為先兄子）

自築居舅家移寓楊氏表姊處

晨夕常還往，猶疑客不歡，定教風雨共，竟作弟兄看，秋
老先加絮，宵寒更勸餐，在家無此福，他日報恩難

十二

過吳氏園本余外祖家園也今別歸一吳氏其後樓為余初生處

一樓燈火半河濱。（地名半邊河）曾此嚬聲夜惱鄰。翦燭尚留垂老客。（有先君子舊好二人尚能識余）一覓環已似再生人。滿栽黃菊都新換。還倚青松亦夙因。豈獨傷心懸宅相。眼前誰是舅家親。

過逵園廢址弔吳山尊先生

先生駕鶴三十年在何洲島為神僊人間遺下好樓閣回頭一夢成雲煙想因圖畫似天上不教久落緇塵邊斯園四美我曾見先人舊宅園東面締交夙證雷陳盟

結鄰晚遂羊求願其時先生方棄官謝逋招隱還名山

謝逋招隱賣賦買山先生園門聯也種樹眼前名節表藏書身後子孫看

不須金谷豪絲竹何事平泉珍草木先生自構將就文

外人早羨瑯環福胸無萬卷通人才談何容易停車來

題襟不問草元字秉燭難登文選臺酒非三盃驚人量

亦莫輕來此堂上鎖門投轄嘉賓侯廣座傾尊北海相

別有生平廣廈恩更令海內仰龍門但聽平津賓客語

都識洛陽錦繡春我年太小纔勝衣學書尚恐辛羊非

偶從先人拜山斗舉頭四壁香塵飛不知林壑是何物

臨行但乞花枝歸一自先生埋玉樹先人亦返金陵住

十三

望裏還知星聚堂長成尚記鶯嗁路漸有人傳水石差
漸聞人說散煙霞紅蓮栽入街官屋幺鳳分棲題僧家
我猶未信無椽尾大抵蓬蒿徧階下徐鉉故園今賣茶
李靖荒祠誰養馬今來頻過小橋翁不見藤蘿一寸牆
半里寒流戀荒徑四邊衰草占斜陽零星畧有幾拳石
黃葉疏林不成色石下宵眠守菜傭林外朝逢埽薪客
園名偏有路人知我況先人杖履遺著說蘭亭觴詠事
要似西州痛哭時（先生於余亦得為舅家）當日斯園月与風尚在
誰家詩卷中海上從來多疊氣南陽泌水千秋同先生
雲際定含笑不用招魂向碧空

贈滁州張瑾山瑜

結客無家日先嫌衆裏身吹簫當末路傾蓋得斯人酒好休辭病詩多不計貧桃源何處是可許結比鄰君先貺未至自滁州遷全椒近又將遷居遠鄉

拜舅氏吴履吉先生墓四十韻先生諱坦以諸生終無子惟一女適楊氏郎今余所廬也余幼時寄居全椒受外家恩尤多

山色瘦蘼蕪溪芳寒菩芰為尋蠬弔冢遠至鴈鳴郊懷舊銘剜蘚衒哀坐藉茅請從西景晲与奏北聲倩姓望唐韋杜儒修漢服包酒兵誰敵虎文伯叱騰蛟熟手羞困蠹開身老鼙鞄平生千卷業流輩倖人交神促乘龍

夢（先生卒於辰年）兒遲綵鳳胞遺珠一星小埋玉九泉坳長夜
今尤馱餘田孰守墝（墓旁本先生田今已歸他氏）只添秋草宿難免
惡塵清陳壙妖狐搰荒溝狡兔跑野燎焚寧木鄰冀漚
淫宵雨潤耕偷盜冰乾獵趁畧邨尨肎呵護山鬼亦欺
啜不信藏魂魄由來等影泡紙錢慳婕舞麥飯斷鵚梢
桑豈參軍忍悲胡太傅教若今餕真苦未必恨全拋昔
我生初歲寒家旅寄巢母懷剛學語舅膝每編髾賜果
調行急分花祝醻姣替支歌踾蹴故試字礮礉扇絹容
塗墨琴弦聽放膠風神江最賞月旦阮何謿慨自門停
鵰稭過室網蛸詩無元禮說書尚涅陽鈔九載甥依甯

三春客渡溧兒時恩竟負天外首空抓欲訪齊蒿里還

陳楚蕙有有心澆趙土何日返秦崤昨以鳥遺紲新為

魚避罾此鄉桑宿蔭華屋竹看苞穀悵燭曾翦謝庭棊

羅敲慘從橋墓祭敬代鄭孫庵先生沒後十餘年始嗣一族孫在遠鄉亦不能

時至祭掃病蟀驚蓬末鋒鷹瞰樹梢喧闌逢社鼓髩髴過雲

脩敢謂雲招鶴聊當淚制鮫芙蓉城在望歸慰蔡家孌

8

闔江甯婦女有出城者十月之後賊許婦女出城采薪乃有逃者自賊婦官至郡民至我兵以次賂之事可不敗然吾母臥病之人則無如何也天之酷余甚矣實余不足以回天俾母病早愈耳

天遣春柴老人砍夜綱開但令全有用不至命難回獨

去

我臨風望遠知伏枕哀箚輿猶未可況得杖聲來

8 哭壽湘帆戶部二首 有序

君名壽昌滿州鑲黃旗人世駐防江甯君以道光乙未舉鄉試一上春官未第遣改駐防人鄉會試例用 國書非君所習驟學之不能盡其奧遂無聞達志吳縣馮景亭先生來主惜陰書院講席奇君才時駐防人官 京師者仍得如京旗人與漢試先生赴官 京師與君乙未座主今相國卓公謀乃為君捐納粟得小京職駐防將軍不聽行督部陸公力主之君始得就部為散員得與會試

以道光三十年成進士改庶吉士咸豐壬子散
館又改主事君仍鬱鬱不自得君體素羸自入
京師益常常病今年之春聞賊趨江甯走健
僕來迎母夫人及妻与子未至而江甯陷家羇
賊中不得出君病遂篤四月卒君博研諸經尤
善言說文假借學所著書皆未成惟夏小正疏
證開已具槀文入南朝人室詩宗蘇長公 本
朝滿州人之文章經濟多有遠勝前朝者而江
甯駐防中則如君者實從前未有君与余友蔡
君紫函 琳 孫君澄之 文川 交最密余於十月在

全椒始聞君逝鸞逸之魂才力愈恭蓋未足以
輓君聊存短奏用寫悲耳

春風容易替回寒如此招魂底用官　帝里傳人伊古
重江東才子到君難名山有約分金鑄滄海無情降玉
棺幾輩天涯同志在一時都忍淚珠乾
半為干戈阻石城青春有夢總鵑聲全家尚在亂時過
一命先從愁處行他日誰猶問遺稾斯人天竟有虛生
長安煙火非君福不但玲瓏病骨輕
寫在營諸詩示客題紙尾
筆端何事好辯禪公是公非欲掩難尚忍百分為借(平)

國諱敢誣一字与人看歌行未必當呼史笑駡由來自
作官論著潛夫詩歌後我今騰大署從寬
飲石學山履祥野秀軒大醉用朱東厓丈九日學
山齋中宴菊原韻奉呈
梅已銜霜菊猶有狂客憑詩來獵酒主人愛酒得酒偶
謂我今宵可三斗韓公吳公二豪變且勿顏唐宜抖擻
以花下酒〻不負以酒寵花〻解否我初亦學處女守
胸有怒霓忽窺牖自春及今幾辛酉江甯初陷時襍占有金雞之讖說者
謂僕辛酉日可滅賊今日冬辛酉也蓋已五辛酉矣則我尚哀鴻過江走除卻酒
鄉日一甸安能耐此亂離久多君種秫命耕耦釀此醇

醪如趙厚冷腸一酌熱生陡呼酒來前立鐙右与尓何讎掣吾肘昔年貫尓春在手今日見尓只低首酒不能言意已剖譬騰語汝黑甜後飲汝酒者是良友

汪赤城彬用前韻見贈復疊韻詶之

江山錦繡化烏有海樣愁冤等中酒忍死辭家影無偶幸倚椒城大如斗其間頗遇避秦叟喚醒羇魂稍抖擻淩花香中弛擔負菊末梅初淚乾否今春建業苦株守寸衷鬱鬱乏天牖出城纔憶歲乙酉（道光乙酉余家始定還江甯之議）復到桑根山下之此邦名士送傾蓋騷壇豈知背盟久諸公角射台强耦一矢皆穿七札厚我是膠舟上水陡

援筆敢居仲宣右尺簡安能運以肘對君佳句尤縮手
頑石何知但點首感君素懷向余剖聊謀報章薄醉後
詩律之疏罪紅友

赤城喜畜金石文字出則載与俱行今春館於華
湖粵賊犯江時棄而還椒居常念之不置昨於
夢中若畫獲之因疊前韻示同人余亦和之

殳穗遺文君富有一字可值一石酒君出必隨如髑髏偶
往々紫氣燭箕斗到處人迎函谷叟妖星一明帚抖擻
古錦之囊不及負君身雖行心死否墨海苦無勁兵守
我家亦築向南牖萬卷附庸山々囿一旦倉皇棄而走

六

邇來月夕每開窗流涕与君南望久夢神忽幻二壁無耦
甘言誘君挾幣厚珍怪滿前喜生陡醒去摩挲枕頭右
被池冰冷笑回肘此客空空仍妙手青天無言漫抓首
舊鹿疑團休錯剖流傳直到百年後得君書者即尚友

江甯糧臺為營兵所掠

如何臥榻有風波減斛量沙竟反戈若輩狼心誅自快
諸君象齒計終苛家方恨黃金貴到枕誰知白丹多
此夜萬聲鐙火裏不知郵井鋒鏑訊

再贈瑾山即題其三十歲小像

君年三十時先皇戊申歲是時海宇平壯遊志方銳

揮毫自傳神逸負欲一世明年与萃選初桄欓科第中
聞丁外艱苫廬三載閑壬子秋七月省試始循例且將
貢　京師對策　嗣皇帝鳳池与花縣高舉鵲振毳堂
知粵西賊國狗猇而猘毒氣迷人魂萬里倏一瞬猖狂
布偽檄槐國妄稱制蹂躪江南北有如溆笱敝君先還
全椒蹤迹託齊壻（君婦為全椒人）融融堂上親藜藿代雞彘謳
謳閨中婦塵土鎖眉髻欣欣膝前兒恆飢寶粗糲異鄉
居大難冰雪苦滓癘薪米值雖賤旅人亦珠桂山水非
所習更逢虐鬼厲臥病兼十旬暘雨盡災沴晶改曆何
堪梁鴻舂已細藥養市上賣酒窖橋邊賣宇宙俯仰寬

立錐之根柢坐此胸次惡鍵户閟荃蕙白眼對紅埃北
風任陰曀自從今年來落々寡神契我本贅牖子故土
戀佳麗見幾苦不早城破家亦蹶僅以要領免幸逃豺
虎噬殘喘弗自量起舞忽奮袂請纓燼餘火借箸日西
焚中流擊楫着但俟賊自斃儘竭杞人愚棄置等游說
鑊幾烹曾連車不載曹劌本來蛇足添請學龜尾曳塗
窮聊渡江回首避妖彗籬寄窳餘生來日甘玩愒兔脫
猶張皇鴻哀只悒悒顧影七尺長到處作肬贅此邦士
大夫安望素交締既慙龍非真亦恐鶴遭瘞衆中初見
君令意尚拘泥況閻槃々才寶樹蔟繁蒂琴篆醫繪棊

索解妙一切雖復未盡精亦頗悟超詣艱難飢驅時最
重學多藝隨身代筆索囊粟庶可繼君價風連城詎容
褐夫睨之奥難驟通達心未輕薙詩酒乃有靈再覿顏
屢霽我酹君以酒醉後貢與際君貺我以詩片語商妙
諦因之吐肝鬲車笠陋盟誓風雲斯相從蜀有半塵翳
膠漆斯相投蜀有濁流滯熱視或長笑濠濮想莊惠悲
歌或對泣荆高在燕衛感君意氣突我復陳佗傺君今
雖鴛蓬浮槎更不繫家室要尾全桑榆遺地總我已傷
亂離傀儡了不慧堂上親沈痾不得奉甘脃閨中婦最
弱不能庇伉儷膝前兒遽殤不忍述夢囈楹書付劫灰

二十

墓表缺時祭親戚久生別朋輩每長逝賸此止水萍孤
根無活勢南望鍾山雲往々血盈眥前路仍茫然乞食
居常計世界劇瘡痏黴命同蟲蟻憊矣儒衣冠不及匄
与隸君言殊慊慨待從避秦裔吾輩原畫餅醫　國對
良劑不如十畝田築屋伴蘿薜差可謀飢寒亦用供祖
稅若耶朝采薪富春暮鼓枻梅福辭吳門逢萌遁海澨
因風謝鵬摶入山當蟬蛻我聞君此言投地為收涕他
日有畫圖蓑笠定殊製

8北磐有作

此賊江南守城賊江南欲戰々不得料無人奪江南城

分走中原到天北還延竟作　至尊憂此日羽書馳

帝州此日江南寒漸甚諸公無事正輕裘

祁兒生日枕上作三首

七年前汝此時生夜雪初停雞正鳴今夜雞鳴聽殘雪

枕邊只少汝啼聲

汝病何難步弱支牽衣悔避送行時竟無半面成長逝

怕得生離得死離

詩卷零星付汝收睡時夜夜閣牀頭如今定在灰塵裏

此事思量淚也流

校吳次山先生遺稿畢書尾

之

悲來欲酹與千卮恨不留君到此時河北陳琳先氣短
江南庾信太聲嘶本無枯樹驚人賦竟有韓陵共語碑
第一髯樓真快事擁衾苦校故人詩

8 揚州賊退後有人來述近事書慨

送過妖氛又作官官威如虎逼人寒黑心竟欲過朱粲
辣手先聞賣曲端自古從軍求富易只今殺賊見功難
英雄失色貪夫笑哭徧揚州萬戶殘

出門

寒衾貪獨眠遲起尚云早冒雪叩人門不信貌枯槁誰
知黄麐中午飯炊已好主賓虚左留豈類亭長嫗 長揖

從此辭乞食亦有道

小星飲藥居簀氏小園即席口占

寒花拂檻酒盈卮都是辛酸欲淚時苦刺繞腸無著處
苦吟夜夜不成詩

歲暮

暮天霜氣慘斜曛寒到羇人更十分欲訪梅花吟卻懶
未嘗椒酒意先醺經秋僵憊羞遲死盼曉飢烏悔失羣
家信萬金無一字長江百里斷知聞

落花生三十韻

舊欲藏先敗萍雖化亦凡未聞珍果飣乃自落花銜涸

廿二

海潛消鹵童山廣鑿巉田難宜我稼種別乞僊函方夏
雲根孕疋秋怒蔓影葉圓貪飲露苕曲巧攀巖星藥黃
欺蕎雲絲綠借杉無聲金晴隨有味玉初緘香汞從教
治團焦詎用鹽令辛蟲不蠹埋秀鳥窠鷁霜重晨收葶
冰乾暮伐欃貸防真棄地人競遠攜鑱藤朽蘿剛縛蕤
繫豆敢芟披沙和草摑篩鐵恐泥攙珠串多連貫銀丸
或獨嵌寸疑蔥樣斷皺孰稟紋劖折處腰憐瘦拈時手
耩摎呪瓊拋素粒吹絮解緋衫餹裹翻嫌潤鹽霖晷配
鹹分甘兒拾慧下酒客除饞販稟來塵轂包蒲趁估帆
每迎新歲早如累左高咸水戒當風漬霉愁漏雪黬論

鑄輸錦市饋橘比瑤械況此冬心富關民日用咼醉油
肥當堯烹飯飽評嚴粵野忠恩獻齊農笑更枕底尋芳
譜載似鄙小言話極許書功並瓜還禁會嚴長生名可
妄醫術問天讒

枕上

孤鴻唳處析沈沈病有真魔睡敢侵鐵縱鑄成都錯字
桐經燒後是焦琴鐙昏不照吞聲淚酒熱難澆忍死心
籬寄也愁風鶴警由來我本是驚禽（時廬溉亦陷於賊椒邑頻警）

謝吳蓮塘表舅饋歲

風雪蕭蕭以寄身一簌親饋感情真門前蠟屐聲多少

廿三

為我東來有幾人 余所處楊氏在邑西偏

除夕漫作

人說殘年盡余愁此夜長由來微醉後無夢不還鄉家
信陽江水春歸更斷腸鐙昏了無睒欲睡幾商量

除夕与楊君儀吉家宴

依君五月忘飢寒今日宴我徒悲酸君翁白首兒束髮
大家燭影紅團〻杯斝獨勸座上客到此能醉無心肝
感君情實拜君賜忍淚不流聲彊歡

除夕又作

遙知姑与婦今夕睡尤難粥椀和冰薄絮衾經雪罩相

看雛涕淚不惜忍飢寒應更憐逋客一枝何處安

甲寅元旦聞鴉

邨樹惟棲鴉向曙鳴最早鄉夢徒荒唐累汝報春曉俗耳無鍼砭每為惡聲惱我謂汝能言畢竟勝凡鳥九閽夜沈時啞鳳知多少但有臨別辭緘口世所寶他日汝東行慎哉好音好

吴漢西金署表兄以正月四日与邑中諸名士遊程氏園林得聯句十四韻明日見示索和余用其韻得四百二十言奉詶兼示諸君子

新年俗所尚聚歡紛襍嚨入市輸金錢翦綵矜春釭夜

燕薊高燭鉦鼓喧聲掇武招羣少年梟雉喝不降何異
兒童嬉拋塼雨綠槿諸君非其倫閉戶酒一缸乘興偶
尋幽勝侶奚寓雙雖無鸞控車不用聽鼙椿雖無海人
槎不費吳孃艭蠟屐平生蹤行々渡漁舡梅信有人家
新香姑射姹叩門忘主賓席地憩勞躞是時雪初霽斜
日紅半窗坐談松濤邊輕風時琤琮溪流帶冰聲石上
鳴淙々塵夢破遊僊直至天色黷茶力逼酒消八斗才
同扛作詩印鴻泥字々吹鐵腔歸來不厭晚新月剛垂
杠詰朝寫示我氣結徒腔々清福獨我慳莫振聾与聵
一世黃埃多坦途亦巉巇況我遭亂離脫身從戈鏦忍

死背鄉井幸託甥舅邦此邦亦風鶴日二心麕撞鷙弓
鳥之孽彌覺寒戰慄敢云乞會樂遂若佛卑幢僮復忘
名利死真謐睽蠢安得武陵源地可承耕稼我欲偕諸
君追陪足音跫其間有佳趣古風尤敦厖人皆老不死
髮禿眉且龐春酒廣種秫冬粥兼藝缸先人安墳墓何
必阡表瀧子孫不讀書恆農性乃悾山鬼餉蘿荔游女
秉蕑芷病餘自采藥每得芝苓埘居然天上人雅馴及
雞尨不遣青鳥使誰馳萬里騋不許桃花飛誰挂三春
籞斯境徒妄想我心繫南江薄醉聊伸吟哀音答郜梆

人日立春大雪

茍

人日最佳日況當春至初不道無家客新年仍寄居停
杯望鄉里來鴈失音書天意憐余病今朝雪滿廬

送瑾山移居花山

一度别君如一歲相思夜〻定同心尋常得見尚如此
況君入山今更突自有桃花供嘯傲可憐萍梗只浮沈
何當盡脫春衣典多買郫醪細酌斟

仝椒南郊晚步

書聲琅〻梅花香一時吹送春風忙知有人家不知處
山雲溪水天茫〻燒火難灰草心緑夕陽漸放人影長
獨步五里不忍去平身新月山昏黄

病瘡

周官法既廢察創失專科使我似豫讓眖體自折磨使
我似李廣百戰身經過尺寸無完膚試藥每辨訛初覺
嬔餂鮮背人掌暗搓須臾蛺蝶驚左右肱投梭直欲自
剜肉恨不銛鑢磋爪煩苦刺生毛孔猛著髗蚊嚼更蠍
螫聊復輕摩抄試觀熱處斑色作虹醉酡了了千百泡
星斗參差羅破之黏有水草露霏已俄慘痛從此突必
鍊盥一渴大抵一之日鍼鋒孑孑禾兩日根飽滿珠粒
交織蘿三日濁血盈釘乳嵒雜茄四日敗膜焦錢輪翦
離荷滑豈沫吐鬢堅節紋旋螺纈疑糞抱蜣腥是泥鑽

共

蚪小或頭眾蠭大乃眼剔鵝醜則癩之蟾俊亦疥着蛇
此饞鼠出胞彼又蟢入窠萌芽自十指似蝕白起弋莛
蔓至兩臂似爛王質柯漸欲偏袒戒露肩似頭陀漸欲
面壁忘抱膝似達摩漸欲上牀定坦腹似釋迦人猶責
箕踞胡似粵尉佗豈知股將斷已似荊卿軻人猶詫曳
足胡似馬伏波豈知脛可刖已似楚卞和晨夕事水淫
魂想遊汨羅非種方日滋說苦難縷覼惟有腸尚清健
飯畧似顏惟有舌尚銳數典差似鮀大可占賓語支枕
謝養痾進餐一坐起重茵柔勝莎時復數尊酒仍中歡
伯魔倦郎垂帳眠尋盟春夢婆不必怒張拳得蝨無力

摟不必傲擧趾蹁蹣步且蹉閉置斗室中休問白日矬
善學支離翁守到鬢髮皤惜我無是福未築安樂窩特
我此病由匪關窮愁多至竟禍所胎藏府孰孽囷將謂
熱溼叢我飲皆由醝將謂肥膿蒸我食常青菲將謂蠱
塵汗我亦近浴鍋將謂瘟陰毒我不好殺鼉豈其溺我
影蠼螋集鬖鬖柳逢蜮射沙我躬紛中洛湖為重夷傷
惡鬼不可儺始知千金軀平日貴護呵養癰与索瘢皆
柄倒太阿一事毋結習可致天厲瘥癬疥雖不害疾頗
非幺麼埽除力甚難抵拔山岷嶓我必小誤耳詒患成
蹉跎世有知言者當不謂漢河顧我固有罪在天意則
花

苛不荊楚而刑顰眉教吟咏凡地畫有宰市閭禁婆娑
因首詩問天天是酷吏耶況我戒征途乞食將自佗方
當飾傀儡脱去舊笠蓑往從下客等接席冠裳々無論
骨不媚迴殊細腰姊乃裹皮太矮來自文身倭敬前欲
長揖肘怯袖復挖只合徒跣跽有腳輕著鞾可想籠東
形所至蒙譏訶責官過門前倚柱遥閃呵嗟我非頑人
且軸而且邁著再三月坐不為辭蘭蛾竊恐混沌死要
策蓉城羸夫証之良醫橐已囊空何為此淚洗面又似
李八哥卻作嬉笑文還似蘇東坡誰歟最嗜痂請聽我
彊歌

箇同難者
自家也是劫餘灰處處教人費盡財事与錢塘更何異
此錄況是淚中來

十四首今錄

江甯死事詩十四首

江甯布政使司祁公宿藻　公字幼章山西壽
陽人進士自壬子之冬督師陸公赴楚城防之
事公以一人任之逮賊之至公方已痵癸丑正
月二十九日賊既圍城公登城厲衆固請居城
一戰督師及駐防將軍宗室祥厚總理籌防前
廣西巡撫鄒鳴鶴皆不許然其時城中固無兵

六

矣公憤甚歸即歐血數斗是夜卒公之初視臤
也策書院諸生以金陵刹變問余對獨言兵公
甚韙之蓋至是公未嘗不悔兵之不早集也
忍見環城賊英魂上訴天是真身報　國不在戰功傳
未事柯先假能爭瓦或全書生知此意血色定千年
欽差大臣兩江總督陸公建瀛　公字立夫湖北
沔陽人進士公受命督師在壬子之十有一月
江南諸道夙所稱爲勁旅者先已調遣畧盡公
僅率吳淞羅卒二千人以行時賊方陷武昌挾
眾東下上流亦未聞有撓遏之者而公獨迎賊

而戰軍於湖北之武峽穴既戰大潰還江甯不二十日而賊至公守陴十日瘠甚二月初十日平明時閣儀鳳門壞儀鳳門北門也公時在南門急率裨將數人往先過東門請駐防將軍兵為援行未至北門而賊自他城登者已走及小校場与公值公督裨將巷戰遂遇害副將佛尔國春從公死公之潰武峽而歸也濱江各大吏之防禦如何賊何以能速來江甯其上流之軍皆与賊自粵楚相先後而下者犯江之役何以尾賊獨遲其情事非隔見所能詳則公之功罪亦

容有吾輩所不能言者至於城陷之日 公實首
殉之旣彰彰在人耳目而專仇公者或有他論
則不敢与聞矣

羣醫同釀病俞扁尚難回孤軍況羸者突入能戰哉矢
忠房太尉鼓譟石卭峽地下鬼雄在應呼殺賊來

上元縣知縣劉君同纓 君字清溪江西新建
人拔貢生城防之役自方伯祁公外無勤如君
者當儀鳳門初壞時君督城上軍以空櫬實土
復禦米囊立築之初十夜尚率勇士數十人開
行移布政司庫銀數十萬於縣庫中志在戰城

內財也十一夜駐防兵盡敗沒君乃走出明日
赴縣治後龍王廟前潭水死說者或謂財入城
後知君能殺降君以一黃旗畀君走君乃以劍
自刎非事實也。時江甯縣令張君行澍字海
門者於督師殉城時奔告君出即赴四象橋西
河水死亦所謂眾見共聞者而事後多謂其未
死則莫憂憎之口矣故附表之

得君十數輩辦賊亦何難未死心猶壯多勞膽早寒補
天資片石埋地膺狂瀾豈有豺狼性車前拜好官

上元縣學教諭夏先生慶保　先生字履祥儀

城凡六學師惟

徽人舉人城陷日四諸學師皆散走江寧府學訓導武進歐陽

先生曾守城死惜不得其事實先生獨止其廨命役市阿芙蓉

膏不可得盡以所畜十五金授其役曰我死以

此市薄棺掩我尸餘則餉汝慎勿救我役諾之

乃懷印而縊而役已許他人救之矣先生恚甚

其廨之旁有吳生者謂先生學師不殉城可無

眾請父先生彊先生居其家約乘間奉先生逃

先生持不可方勸勉間賊已至詰先生何人先

生曰吾官也突以印提賊賊舁擬先生先生大

唾罵遂遇害

先生平日志兩字畫人師大暮方含笑旁觀自述悲十
年真冷官無飯活妻兒若果作斯想難為飲耳時
守四方城淮安兵　淮安兵者漕運總督標下
兵也調守江甯者凡二百人儀鳳門初壞時諸
城駐防兵聞之先退守內城新募兵萬餘人亦
遁之而散賊乃得由清涼門及矮城緣梯以上惟淮安
兵仍守四方城不去四方城者由南遁至東元城角
也故名地非賊所必經此賊欲速下城則往往經
此淮安兵皆殊死戰自晡時至夜將半已殺賊
無算既而火藥器為賊鳥鎗所中火大發衆稍
世

~~亂~~稍卻遂敗於賊二百人僅有存者

諸君亦癡甚素此一隅何已居連城鏑徒麾落日半從

軍家會久許　國死心多安得淮陰士當時四面歌

滿州全城男婦　駐防兵既退守内城初十日昏

時諸外城已無守者居民亦皆閉戶矣賊乃衆

攻　内城内城雖婦人童子能戰者無不致死力

凡戰城下一日夜賊之死者蓋已萬餘而賊至

愈衆内城乃破自將軍以下至與戰男婦皆死

之賊遂屠其餘得免者數百人而已

一人都一戰到死氣如雷不殺萬家盡嚴城未可開顱

褫魑魅魄摔築髑髏臺斯壯 帝鄉色鵂鶹夜莫哀

前浙江副將世襲雲騎尉湯君貽汾 君字雨
生武進人祖父皆死臺灣難者君用蔭生官至
副將軍以詩酒罷官歸寓居江甯城陷日君賦
詩一章自縊死先是君營別業於冶城山下晉
卞忠貞公墓前卞氏子孫訟君侵墓域君挾當
道力不為屈至是君亦殉賊難然則君固卞夫
人所謂忠孝中人也其於卞公必有相說以解
者故篇終及之

君豈能無死家風 帝所庸賦詩究結習難得是從容

卅二

真氣定常在西山最上峯卞公忠孝者今後僊過從

前山西忻州知州曹君森　封工部主事胡君

沛　曹君字寶書上元人進士起家縣令官至

刺史　予告歸胡君字燮園江甯人貢生晚受

從子主事　封城陷日皆衣冠自縊死

儘許商量活高年一命輕承　恩周命士守節漢經生

鬼趣甘泉壤人倫重姓名兩君何可少纔不愧簪纓

諸生王君金洛　君字蔗鄉上元人君好談兵

方賊未至二十日方伯祁公屬君募鄉兵練之

倚君甚重君亦慷慨自期許兵未集而賊已至

矣城陷日君預懷大石洞重門待賊先一賊至
君殺之繼一賊至君又殺之繼數賊至君擊所
殺二賊首示之賊前擊君君走後戶赴水死君
素平日勇於作為不知君者有周孝侯之疑篇
終云云惜之予白之也
縱使君專閫兵機未可知才雖勝處障事已等輸棊郎
此磔梟首居然留豹皮葢棺斯論定畢竟烈男兒
機匠山父子　機匠山者居西南城隅下洋橋
右妻蒼中山與三子皆絕有力賊初入城比戶
括財物苟屋非甚華居則入閱則去於是居人

廿三

皆閉戶ム戶獨居坐戶外候賊其室僅三間各
以一子主之置刀杖隱處賊衆至者則傴僂肅
送迎賊見其無長物輒棄去賊或（若）三二人或一
人至則必止賊過其家賊才入ム即鍵戶而守
諸子視賊所至圍執而殺之於後圃埋荊棘中
既埋賊復启戶如是者十數日所殺賊將百其
纔也鄰有老婦人忽戒一賊毋過ム家事遂露
羣賊夜來圍之ム与二子皆鬬死惟中子得脫
此余癸丑五月聞之於橫山邨民蓋亦為憐匠
城中去ム居非遠嘗親見其殺賊者說時畧述

其姓名今余忘之矣
健兒終并命彼婦竟何心魂魄或無恨生存已到今大
家都敢死何賊不成禽十日磨刀慶中庭殺氣沈

青溪妓　青溪妓者其姓名傳者異詞姑闕疑
賊既圍城諸妓樓皆早從此妓獨留城陷後一
賊入其家知為妓欲犯之妓不許賊將逼之妓
甘言綫賊去為窮絝裝赴水死
豈可溷天寇而容近妾身半生為蕩婦自古有波臣縱
欲移家去春城總恐塵此時心事苦吾輩又何人

武昌女子　武昌女子者在賊中姓名為朱九

廿

妹然真偽未可知其全家為賊所驅自湖北移江甯癸丑之冬偽東王欲納之偽東王固賊魁也女欣然入賊王宮宴䜩甚女潛寘毒藥於酒著食中進賊王持之急為賊所詧立磔死於是賊選色之令遂弛焉

此亦霹靂手何妨見色身不聞教坊曲猶唱費宮人事豈論成敗天宜鑒笑聲餘威賊膽碎兒女受恩真

張了頭

張了頭者里巷習拳勇之民世所稱為無賴子也城陷後浮沈賊中近一年能終不為賊所得蓋其智有過人者甲寅二月張君炳

垣既与外兵成謀計非有勇士不能斬關迎外
兵或擧張於張君張君使人說之張不可曰張
君知我必自請我乃爲知我者死耳張君聞之
即日過張張大喜許之至期張袖大刀夜至神
策門盡殺守門賊二三十人候外兵外兵迄不
至張遂惘々歸既而賊推殺人者甚急逮張君
事已露有知張附張君者白諸賊々乃捕得張
張詈賊速殺遂先張君死。先是有倪丁頭者
亦以無頼稱於賊陷城日凡賊獨行委巷中倪
伺左右無人即袖出刀殺之凡殺七八賊々終
莫

炳垣內應事見曲特張某予以問之
具予金陵雜略內應篇

不得主名後不知所往与張為二人耶抑即張
而傳者誤其姓耶故附表之
纔知刀有用熱血滿身歸殺賊心原在收城計已非三
軍常健忘一戟只長圍值得訓知已江東賤布衣
諸生張君繼賡　君字炳垣上元人自圍城時
君与當事謀所以守禦者甚備事不必盡得行
行亦不必及於事城既陷君即日變姓名屬偽
北王偽北王亦賊魁也所私屬凡數千人君察
其解事者時時說以大義並陳利害訹之則皆
色然動君知其可用乃与鄉人謀之各以其親

知從一時之潛結者半於城於是楚北人為賊
脅者聞君事皆爭先附君雖楚南粵西人亦往
往而至君部署署定癸丑八月遂以五千人名
上諸向督師顧應外兵督師喜所以嘉許者
逾常格既與之約皆失期為督師諜者欲自
飾其讒也且多方誤君城中人皆咎君謗不訪猜猜
散而君時時往來督師營處賊譏察亦數瀕於
敗蓋至甲寅四月而君力已憊然君之眾猶千
有餘人乃約二月五日殺神策門守賊納外兵
外兵未赴以兩辭張了頭死焉而君之事先露

共

矣賊收君竊君黨刑毒非人理君與賊游久凡
賊之勤劬能為賊出死力者君皆知之君輒受
一刑畢則曰吾黨夥汝以册來吾徵汝賊出册
君以筆志其名賊即駢戮之十日中凡死四百
餘人皆昔之勤劬能為賊出死力者也於是賊
之驍大損賊亦悟惟苦君令言楚北及江甯人
君遂無語餓已死賊轘君尸故凡與君同謀者
皆得逸出於是無應外兵者矣嗚呼君之死也
最後而君之死也亦獨慘余特以君殿焉。癸
丑十一月余聞君與營中往來自全椒急馳書

緩之蓋余留營中浹一月有以慮其事之必不
成矣惜乎君意方鋭也
萬戶侯相待原拚七尺軀鬼都睦賊酷我敢哭君愚罡
海橫流是青天醒自無樽營明揚消遣過苦賣大聲詩
江甯之陷也在事文武專防守責者前後各殉其事
蓋未聞有為賊得者即閒散需次諸君亦往往勇於
授命至於兵士之喪元又意中事矣其城中僑居土
著之戶自薦紳以至齊民城陷時倉卒為賊脅者城
陷之後縊者溺者焚者鴆者或老弱同歸或死亡累
盡鬼錄所登殆不可以千萬計至一年以來孰者以

芝

諜遁沖語孰者以文字挑釁孰者以他事株連其見殺於賊者又善而人苟言其義憤則從同而概為表揚則反屬他日公私祠祀俎豆千春必有總其成數以為一書者吾所謳歌今姑舍是固非有所愛憎恩怨於其間而謂死事者之止於此也甲寅三月識

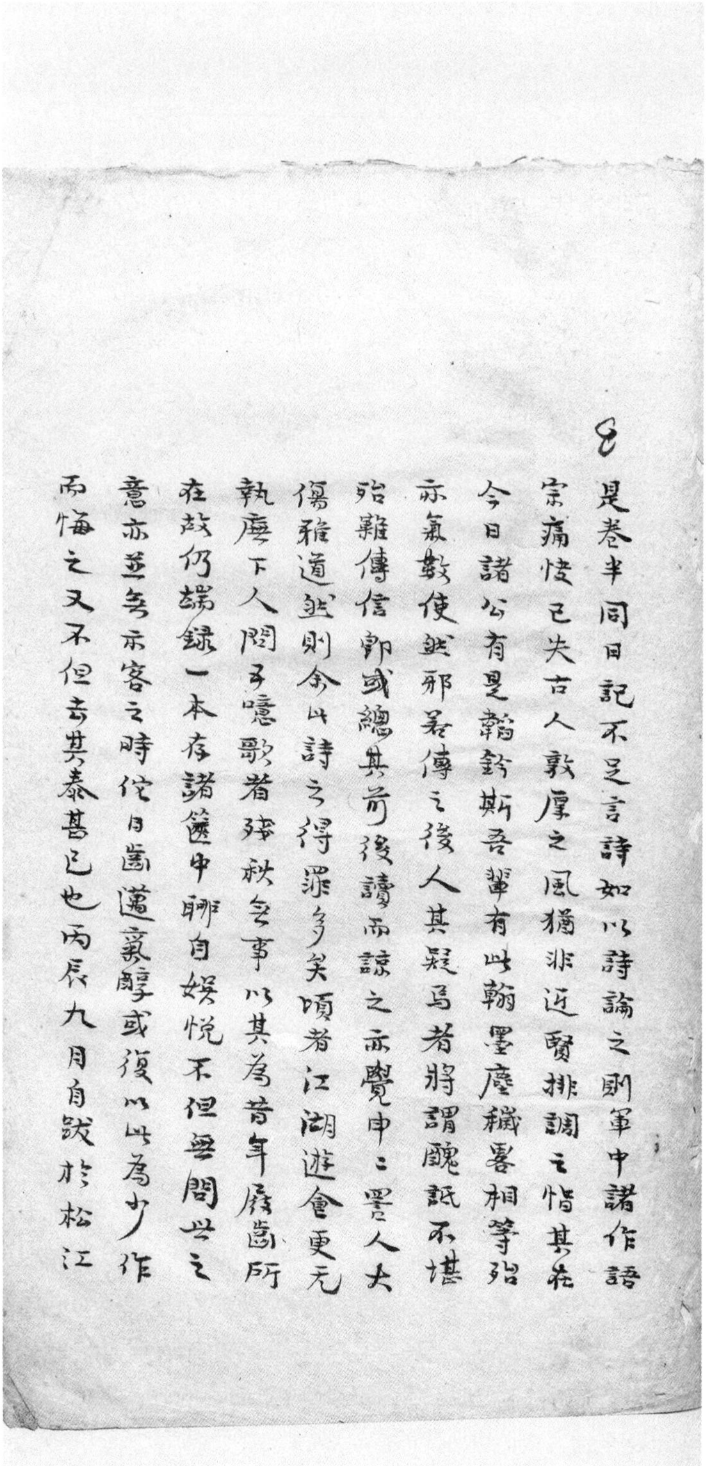

是卷半同日記不足言詩如以詩論之則軍中諸作語
宗痛快已失古人敦厚之風猶非近賢排調之惜其在
今日諸公有是韜鈐斯吾輩有此翰墨塵織畧相等殆
亦氣數使然邪若傳之後人其疑焉者將謂醜詆不堪
殆難傳信卽或總其前後讀而諒之亦覺中中詈人大
傷雅道然則余此詩之得罪多矣頃者江湖遊倦更无
孰麾下人聞予噫歌者殘秋無事以其為昔年屐齒所
在故仍端錄一本存諸篋中聊自娛悅不但無問世之
意亦並無示客之時佗日齒邁氣醇或復以此為少作
而悔之又不但奇其泰甚已也丙辰九月自跋於松江

庽樓

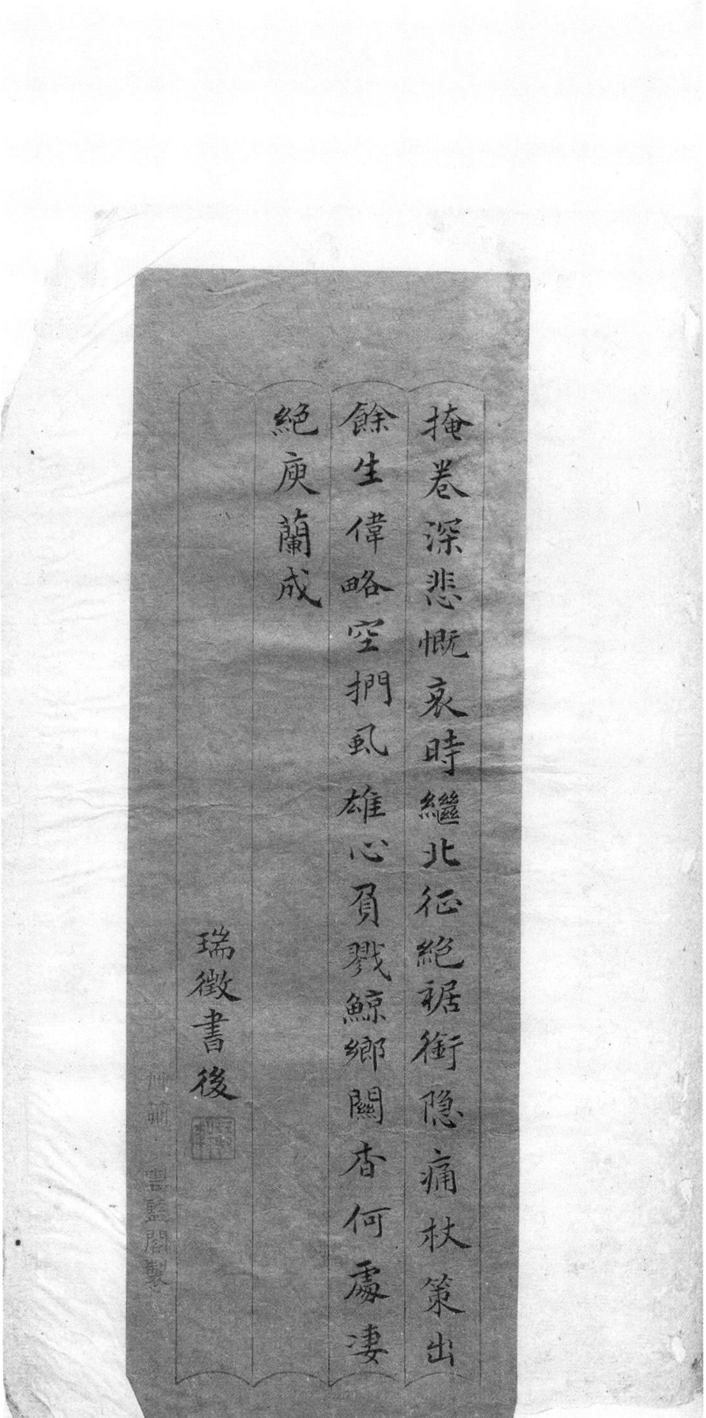
掩卷深悲慨哀時繼北征絕裾銜隱痛杖策出
餘生偉略空捫虱雄心負戮鯨鄉關杳何處淒
絕庚蘭成
瑞徵書後
雲藍閣製

吴楚境相接還延事竟聞將軍甘
豢賊未必不能軍我有手妹恨然懷
爾似 君風塵之急已誰與定斷文
亞龍世琳以樹雨集爲題展讀一過然從中
來魏賦短章聊以報 命同是滄桑後人工拙
所不暇計也 尚希
教之 癸亥仲夏洵陽陸先祖題於羊城旅次

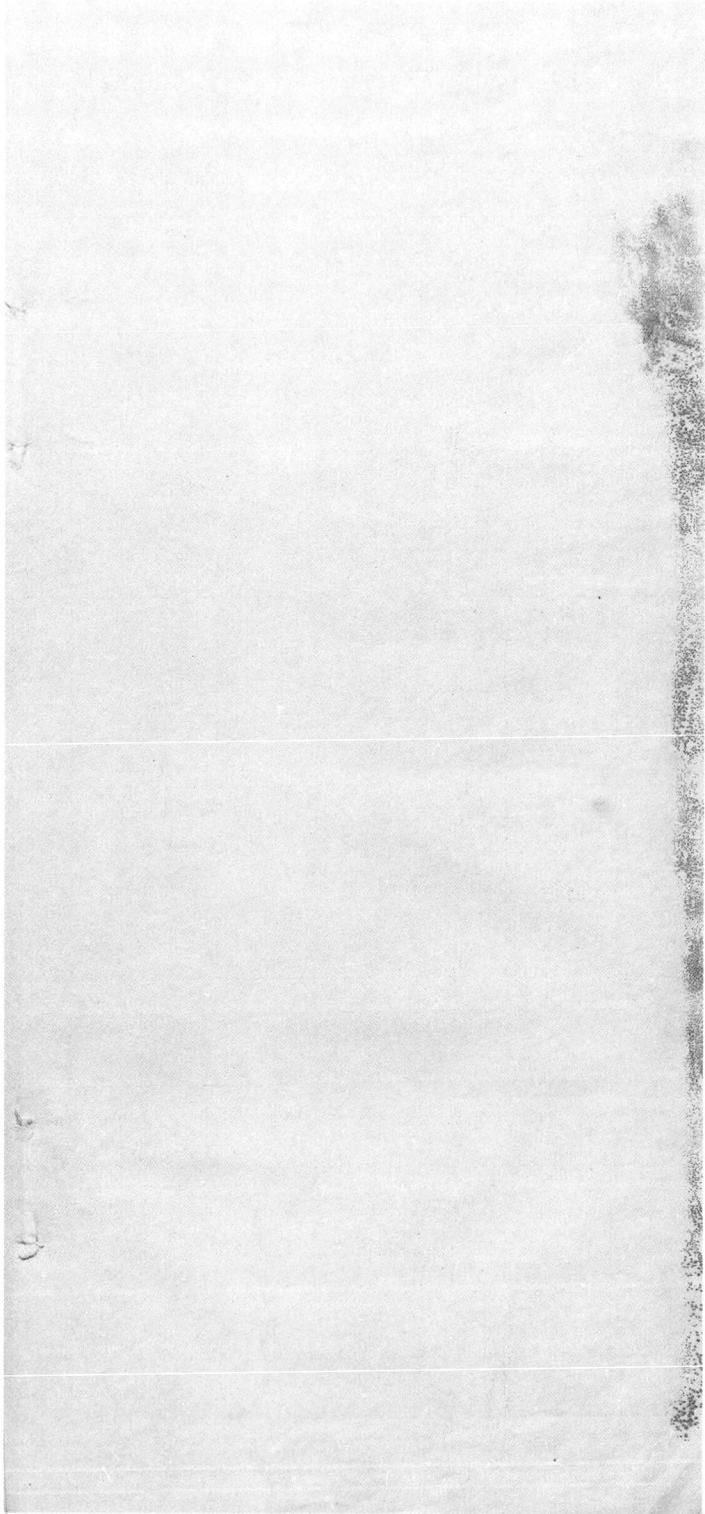

秋蟪吟館詩鈔卷四

上元金和亞匏

殘冷集

余以甲寅八月出館泰州乙卯移清河丙辰移松江數爲人師自愧無狀惟以詞賦爲名於詩不得不閒有所作雖短章塞責而了了萍蹤未忍竟棄遂積爲卷葉此三年中乞食則同也而殘盃冷炙今年爲甚夫殘冷宜未有如余詩者矣乃寫自甲寅八月至丙辰十月去松江時詩凡百有餘首命之曰殘冷集

甲寅八月自湖熟移家至全椒十六韻

全家今四口九死一生餘半載棲邨落秋深不可居海陽將乞食汝輩復何如惟有椒陵戚時々尚寄書倘能容客戶行矣鴈鳴初身外無長物單衾裹敗袽輕擔煩老婢妻女共柴車塵步余尤苦遵人偶券驢過江三百里喜趂估舟蘆偏值連天雨空山斷米蔬幾回貪賤價不飯飽羹魚直泝西流盡斜陽指舊墟依々甥舅舍情話重搴裾為我籌風雪居然債敝廬寒衣縫々褚到臘夜舂儲還是慈親澤低眉痛暗茹

過揚州

殘樓破堞暮鴉愁，爾許煙花醉夢休。月色照人從此少，劍塵埋地問誰收。賊去後書籍寶玉遺棄滿道中，頗有希世之珍，而為不知者所得，賣之既無善價，遂往々損失。

無邊海水添鹽竈，時淮南鹽法弊，廢而鹽則甚賤。弊日城居又茗甌。城中賣茶者集千百家矣。又莫把喧聲巢幕事，浪傳消息到瓜州。瓜州尚為賊據。

落葉和陸子岷鍾江。子岷為立夫師次子，時寄居泰州之姜堰，館余於家。

秋老江南遊水濱，拈花證果事銷沈。可知駐馬躊躇客，自感青々舊日陰。

史秋舫寶梧世兄舉一女，畧有觖望，詩以博笑四首

知君憐愛掌珠生，弱酒非男儘慰情。想到秀才看稿白

二

何曾潑墨錯書名隨園老人嘗述呂醫之言謂婦人望子如秀才望榜君方下帷故謂之
歡笑宜開湯餅筵此兒來自蘂珠僊但看今夜華堂月
玉鏡當頭別樣圓湯餅會適值十一月十五日
莫惜佗年遺嫁錢蟬琴蜊笛幾瑤篇從來山抹微雲句
佳話還憑女壻傳君工倚聲嘗假々長短調為蟬琴蜊笛二集
錦屏聞說有經師怪底投懷玉燕雌怕我弄麞書誤字
賀箋笑倒洗兒時

秋舲齋中觀所藏書畫作

羣兒未走先學飛紛紛懸札張鼓旂煙翰吞聲不能語
到眼但覺愁雲霏感君知我心緒劣開匳為我傾珠璣

戲鴻妙筆點塵絕無絃琴趣微乎微小劉相公真力滿
海棠國色何嫌肥服卿花鳥化着相可妄織女妻宓妃
數紙雖皆出近代神品到此古亦稀我本不解畫與畫
生來疑病右臂瘋署名難免穿鑿笑彈指証識蒼蠅非
今從海市見珍怪贊且無言何況識是時紅燭斂寒影
斗室暗有春生衣咫尺應接便不暇夜長未食能忘饑
君言此乃百分一家藏萬疊雲錦機自驚韓鼓隔江漢
故鄉欲去苦絆羇鬼神尚肯護呵否已拌棄置長歔欷
我聞君言尤痛哭金陵回首孤城圍生平所畜多墨寶
賊中遍目知誰歸頗有奇物未傳世但恐迫以秦火威

三

願與銀杯同羽化他年聲價猶能希安得惡塵一旦埽
羅致散諸傖父扉河豚價本都可愛莫任賣鳳皆山羣

冬筍二十韻

蔘茸葵老後胎筍又三冬竹已銜霜醉苔還礦雪封晴
中鞭自長迸處土難容田壁深埋璞沙錐短露鋒芳根
應伏獅病籜那成龍進飯憎齏臼迎暄命菜傭梅鋤和
月借菊稜趁泥淞拳曲貓頭覓彎環鹿角逢筠光新蠟
沐綳樣薄綃縫銀管雷纖穎銖衣褪內重切來雲絮輭
點到水花穠瑙甕饞涎溢堆盤熳玉供無聲冰乍破如
屑粉初鎔清極膏嫌膩甘餘酒讓醲其香經宿飽有味

比春鬆凍縮佳人指陽曰太守胸班羅寒谷早禪趣冷
時濃篝火燒尤便衝風呪冒慵豈須談合浦休傻笑吳
儂不忍輕投著傷心獨孟宗

落花生三首

翦蕗側茘也尋常一樣瓊瑤滴滴漿剛被江南人見慣
可知身是返魂香

殘紅多少付銷沈浩劫埋香太不禁未必飄零都有用
土泥滋味忽甘心

聞說風沙徧海濱無言難道不傷春憑誰報我花時節
去作生前證果人

校激浦舒伯魯畫遺稾題後二首

絶妙天生一斗才每聞彈指現樓臺文壇名欲千秋奪
春事花都五色開儘許掣鯨從碧海頓驚埋駿向黄埃
著書若到中年後火熟丹鑪更幾回
崔盧門第稱狂歌何事傷心對綺羅漢室郎官年最少
長沙才子哭偏多絲毫竟耗愁中命金榜除登死後科
山館寒鐙讀遺稾教人豪氣也銷磨

自姜堰抵泰州城

打面風寒卅里餘睡魔時復夢蘧蘧鵲趨簷日爭棲犢
鷺立池冰苦覓魚不待昏星籌宿館已逢戍鼓詰來車

[illegible]雨 [illegible]中[illegible]
上[illegible]邵中[illegible]

當年未雨能如此或者滔天孽預除

晚渡邵伯湖

驅車晚至湖湖水千百頃不見水波興但見色耿〻由來十日寒凍作冰湖磬欲行終狐疑舍車買釣艇柔艣難著力只以短篙打一打僅尺餘船進與步等時復枘入鑿玉龍聲屢哽有如玻瓈瓶因風斷寶綆又如梧桐錢帶露落金井此時萬籟寂半月早當頂四邊老樹多冰上繪春影其餘惟參斗直下寒芒挺霜華已晴生衣縫經如梗我從飄蓬來第一此奇景大聲將狂呼聊用讕語請願得海上僊借我鍊藥鼎敲取鐵與石煮作七

五

椀茗或着天帝女乞我釀花癭酌之成靈醪痛飲博酩
酊庶幾真味醲消我胸骨鯁奇想殊不經登岸去已極
若許中流停清趣十分領便從漁師眠今夜定不醒麼
鞅汗未乾何愁夢中冷

渡江投邨舍宿

山色到江窮殘年此轉蓬路長貪落日野曠動來風火
外驚尨亂雲邊倦鳥空單車忘暮冷溪樹月明中

曉發向容

侵晨十五里風猛稱微醺霜力能忘日煙光欲趁雲瀾
冰添馬路戍火奪鴉羣山寺鐘聲徹下方人未聞

宿新豐 丹陽道中鎮有善釀名

新豐酒價近何如一宿黄壚竟負渠欲罄囊錢拚一醉

明朝無計可書驢

過江浦

萬頃冰田蔟麥芽故山遥見夕陽斜竹聲夾澗葉如雨

松影護堤霜尚花荒驛夜寒同病馬空天路直望歸鴉

浮生已分長羇旅將到家時轉憶家

晚經江浦西郊墦間作

若非萍梗客此地月誰看一歲四來往空林今暮寒出

門猶得飽行路敢言難故鬼渾相識揶揄語不酸

六

全椒除夕有作

薄暮山城野祭多黄泉求食遠如何白楊衰草江南路
盡是無家鬼哭過

乙卯正月二日雷石學山履祥飲既歸成見贈詩
十三章其末句云吟到此間差盡興蛙鳴蟬噪
敢言詩何鳴謙乃尔夫殆欲張吾軍也因作此
奉呈

昔人評昌黎自成一家詞於詩本不解才大特好之今
君屢戰勝亦復自處卑口含鸞凰音九天迎風吹乃云
詩未學與丢聊低眉英雄善欺人我獨不受欺是夕君

歸後烽煙忽驚疑計當居人喧正是君吟時遥想命斗酒喝韻無停思得意疾作書忙盡筆一枝氣吞千萬言倚馬瞬欲馳外聞鼙鼓聲君定瞶聞知文章況有神光燭南山陲即此當長城誰敢稱偏師寄言退賊者請如君賦詩

將以上元日戒行有置酒留者即席口占

傷心如我甚燈月底相干多事留行者濺杯不肎闌漫言春色早爲惜客途難豈有桃花面容人淚眼看（余僦居在桃花塢椒陵一勝景也客或留余俟桃花開者）

過六合時方禱雨

春麥半枯農欲死三年況未息干戈若傾過客傷心淚
應比皇天一雨多
泰州道中有黄梅花一株余去年過此時已開今
尚未落感而賦此
淺水疏籬不斷春絶無悲喜是花身與君别後三千里
不信請看衣上塵
得家信知林女尚在
别來學語始牙牙我爲餘生萬事差聞汝去年歸逝水
只今何處作孤花韋衣應謂他人父墮地安知舊日家
寫盡雲丁唬盡血死前真有見時耶

聞周氏姊邨居窘甚

平生恩重勝同懷亂裏傷離淚未揩病久早驚頭似鶴餓多今想骨如豺遥知獨力蘭姜薄豈有餘生蔗境佳欲致一縑休道晚可憐萍梗阻江淮時余館清河

寄全椒汪赤城彬代柬兼示諸君子四首

臨別飲君酒酒消常口香只今明月夜夜夜夢還鄉此地皆塵土殘春半雨暘一枝無可寄檢點舊詩囊

已債桃源住飢驅更出來我家門外樹遥想萬花開君輩喧山屐居人爭酒杯狂吟紅燭底是否憶傖才

北地原餘孽傳聞漸可平名王酬 聖慮南道盼威聲

八

狂寇何時死吾徒信再生廬淝幸安穩魂夢近無驚
出門七十日此第二回書驛騎揮鞭到期君指潁廬辟
鄉數君子問訊更何如儻為鶴唳苦多情或和余

淮南食鰣魚有作

肥於刀鱭膩於鱸淮市冰多幸未枯記得江南春盡日
滿船花片小行廚瀕江居人着此魚者往往買舟泊江岸候舉網時買得即於舟上蒸之至家而魚熟矣

秋船移居泰州庭前有海棠一株身已半枯殆百
年物也只枯處復萌生一枝與舊株相抱作花甚繁秋船名
以子母棠書來索詩余擬更之曰抱女棠卻寄

此篇

史君庭下抱女棠當時定是昌州香慣把酸心欺月姊
不將醉臉媚花王胭脂山色正嬌好半面妝停自嫌老
接葉難垂續命絲分根空發斷腸草旃檀雖散氣猶存
前度春風未改溫三生洛浦重迴步一縷高唐有返魂
葳蕤同倚春陰綠恰似韋衣初出浴合歡莫說並頭花
孝慈巧附相思竹昔日曾譏楊玉奴只貪春睡不將離
誰知解語階前樹今見投懷掌上珠遥想低鬟偷掩面
等閒高燭瞋人見平陽常指阿嬌憐王母頻扶玉卮倦
無媒齊女莫相疑緋醋青桃父阿誰從來含笑撩人處

便是奇胎墮地時成陰又過十年久時節如今當嫁否

受聘休貪梅最香宜男祇有蘭如酒

題懷橘圖示王生

等是人間返哺兒有懷橘處敢嫌疑我今也作淮南客

無復今生負米時

五月五日盱眙道中

日午逢人處年光客暗驚市傭蒲酒鬧郁女綵衣行舊

里青溪水何時畫槳聲將軍王鎮惡天是不重生

車中攜唐人小說數卷偶有所觸輒系一詩八首

竟拜虬髯作阿兄不徒執拂辨書生若今早見唐公子

眼底風雲想更明

請卷重簾拜女皇劉禎平視亦何傷笑卿不似蓮花面

空乞天恩也姓張

部牒飛馳郡吏愁忽尋杜若到坊州謝詩五字模糊讀

猶是郎官飽學流

十萬緡能富半何相公鐵石早銷磨錢神誰見通神事

眼孔由來措大多

漢王躡屐晴瞋生卻體天家棣萼情更不絕纓推病去

如何恃寵罪梅精

坐中惟有杜黄裳不愧紗籠姓字香曾是滿朝青紫貴

十

繡簾一顧畫尋常

無福休分宰相餐鄭郎暴殞可心寒如何待罪中書者

伴食平生也不難

劉安家畜盡神僊為餂餘丹始上天何似高駢門下犬

公然來自玉皇前

由來安經滁州抵全椒

苦雨連朝客路賒破愁贏得事些些千畦水足邨姑滿

一片秧歌送到家

題謙谷和尚詩本 謙谷本惜陰書院香火僧奉陶桓公祠者也遺廟來居清河

同上當時選佛場雲天回首夜茫茫只今乞食淮陰道

誰奉名山一瓣香

題儀徵劉蕉墩先生遺像即仿小畫山房詩體二首

展拜英風凜太阿當時想見筆公阿古懷欲挽千鈞鼎生計真成一目羅畫餅聲名投濁易碎琴心事集枯多鳳凰羞逐籠中雉若著寬袍當釣蓑

焚椒讀過浣花篇語語驚人自放顛腫背世應頤病馬縮頸我欲學秋鯿解經未盡周正月讀史猶遲漢八年著糞佛頭徒苦劇喚粧驕笑到公前

題劉穉蕉丈課孫圖

十一

紅日下立春風中行我所嘉樹聞翁笑聲 一解 翁方閑
門左右兩孫謂孫來前汝今讀書凡幾年汝今讀書日
習凡幾篇 二解 汝父望汝芝蘭馨香汝祖責汝鸞凰翱
翔惟望汝責汝汝祖汝父不以書汝 三解 昔汝有曾祖
司鐸含山直道耿耿華人懦頑傳家文字數十卷只今
光燄上燭雲霄間 四解 汝克努力副是先德往賓於王
國雖王國不賓汝其為儒林之珍 五解 孫亦竊竊喜則
琅琅四起兄期瑯環弟欲洛市批蘆埽柹千萬紙星斗
羅胸纂吞矣 六解 匪朝伊夕歌商頌酬翁愛憐之來分
以甘兄語弟曰祖其出弟為陳羣御車弟語兄曰祖其

讀兄為小同寫書七解第曰諾兄曰諾翁吃吃笑乃大
樂翁之此樂無人知我為此詩與嘉樹證之八解

出淮關　漂紫縈出淚滿襟離肋

此行草草出淮陰

豬肝稱覺受恩深來時

更無酬答年來處處負初心

過露筋祠風利甚不及上牽賦

未應知我詩才盡特放神風免繫舟是我近來無血性

不許題詩在上頭

花燭詞四首送子岷就婚泰州　子岷取漢陽史鑾坡師次女秋舲妹

也婚期為九月二十二日

僊雲雙護漢皋人，駕翳吹簫畫下塵。祇有梅花爭喜信，天公消息近陽春。

便作齊門贅亦賢，卜居聊當海東邊。不須人看斑騅陸，輕量淮陰女少年。（謂子眠諸弟時在清河）

卻扇筵前細語聲，未應謿問妹先行。馬公嬌女儒風思，多恐佳人狂不成。

珍重催妝語要工，阿兄才調謝家雄。莫令新婦顛天壤，卻為王郎在下風。

錦帳安排擁燭初，餘冬三月稱樓居。畫眉自是銷寒事

多下工夫好著書
師門我最負春風衣鉢無因再世同他日好憑傳壻硯
羞顏替洗老生紅

葛潭集遇同學劉生 六合道中

尚有相逢地都驚白髮新病多拌速老亂久賸奇貧長
路悲秋日餘生失母人孤燈同說恨清淚浣衣塵

明日與劉生別

不盡平生事親棺葬未移有家還待食傳姓況無兒與
我皆同病如今豈死期天涯珍重去衰朽要勝悲

行經六合天長道中作

十三

諸軍消息謝知聞社鼓無端鬧夕曛為見郡郡郡父辭
一時回首望南雲
　　見彈綿栗者試賦之
白難經浣輭難攝比雪因風甚處差江表當時無此物
謝孃祇解詠楊花
　來其四十韻
粔籹餦餭外淮南別補騷品休誇下鼓典儗數忞窜黄
壚呼童籔紅泉汲井瀋膜柔瑚豆蔻肌膩綻蒲萄水磨
旋師蟜宵燈進貴猱迸蔡蟆撥腷歊沫蟹彎敖珠畫經
雷碎沙宣滯浪淘投膠難理濁縫布敢忘勞四角筵張

剡雙枝柱斷鼇露華篩曉液霜滓格秋毫囊漉都槿酪
篘糜畢漱醪未堪河滿飲尚待海濃熬閑竈雲腴鍊然
萁火力鏖霧騰腥瀣散波沸暗絲繰薄〻煙綃織團〻
玉楮挑融真疑雪汁凝漸似銀濤更借天瓢注還從地
甕撓鹽花金試點石髓券同操肥竟調魚腦鬆纖蘸懶
膏削檀支淺閣戕欅倚方槽礎鎮敲前席巾圍帀內遭
漿分酸瀝涸膚膩素光韜有範頻傳尺無聲早奏刀塊
應猜畫粥字儻誤題餻鄙屋當晨起篘筐及市鬻聘珍
先酒茗求薑等藜蒿晚飯便衰齒官廚壯冷曹新婚教
婦作大嚼抵屠豪抑豈貧如洗卿勝平借菜也毛萬錢瞋
十四

供養一臠謝羶臊忽輿腸芒刷窦殊背癢搔羹譜香積
設齋欲太常叨幾輩矜餘味因時媚老饕取霅春發乳
伴醉暮施鐥藉浸濃煎滷芰纏短戳綯況貪寒月沿每
值朔風號爉喜冰壺結湯煩瓦釜撈眼疏房窩蜾肪爛
已攙羔凡此加饕助憑誰索價高戲封鮿蚌徧底惜異
恩褒

史鑾坡師六十壽詩二十五有全韻

乙杖火色盈邢門春腳有月符算絳字日重拜經守我
公掄大年甲子重締鄰是日綺闥開我公誕受美自天
縣賢星於洛會朝雯珠玉紛席前觴升和頓首頓首何

所獻請祝公以口公生潇之臯楚材世戡羯狗公尤神
奇墮地佛師吼方公三四齡兒劇習不狃笄未離髮總
書已等身受三唐萬家詩啓齒落瓊玖曾中諸老生驚
欲避小友客或表蕉紙素絲亂拂紐狂氣欲風雨怪狀
漾番風四坐喧傳觀不啻曚與朣公獨尋槙末了了讀
紅紂與直數琅邪對豈屬鸚鵡諾宜償麒麟碑似釋尚
嘍東皙辨藻及江淹識周蚪古人不足多夙慧斯在後
泉公逾成童生計肩已久好時有遺肆家督失將毋業
廢通儒迂利說廉賈厚豈知公入市未肎匿瑕垢坐誦
脣屢枯卧吟心欲歐賀革耕自勤侯瑾傭何醜舊家太

幸

傳來芝蘭土移培借押坤海替鑣被福地教抖擻公愈靈
而勉良匠問斲樣及棋補博士公年才十九維公富詞
翰霄漢清思勰毋刻東人矉苦效西施妊毋窘故時步
翻抱邯鄲恆用是聲價定名藉屈宋右十載膠庠雄詎
僅詭龠偶譬宋三秀芝而非對以梅譬售千金璜而非
飾以珣公年三十時歌晉鹿鳴酒三戰捷春官遂維翰
林綬視草倚馬成船真下水陡幾輩燕許覽一時籍湜
走公之典鄉試是在歲丁酉珠涇駐嗷荔桂嶺餧撰辭
遺軌訊陳李茅蠲嵦顧栭鐵網縰琪瑤玉斧假薪標能
以人報　國一顧空箕牡道經相如橋歸拜永叔毋號

駪耀鄉里嘖〻徧孺婦公之職御史是在歲辛丑鐵面
振白簡椒口箴 黄鞋 漚樹閱如瓶諫草焚盈篋何
必臣直聞但願 主疑剖能以言報 國蹇諤佛我
后 詔公巡 輦轂風豫清盜毆 詔公視倉儲危不
漏賸趣 天子念北平大郡 京臂肘公為二千石庶
籊民其牖公來亦何暮歡呼衢飲醆福星首山熒甘雨
海波瀏下車問士習首政在芹菲伐石築講堂天日煥
梁料大昕鼓徵之親如弟子誘公徐拔其尤青紫果立
取方音多繆疎雌霓不勝糾斟酌陸孫書比蒼字一缶
學着應宮商畫外孫齋白明年灤河漲沙浪爭緑畝陽

侯挾勢驕射無式夫赳公去禱城上蓄患願降某有如
漢王尊卧隄沈槃卣白馬交有神毒龍馴退蟉屾邦夙
肴訟爭利友萋菅或禦　帝九閽甘令生面黝公善畫
其情片言脫枷杻庭無冤囚呼獄蠲狡胥喉詐泯羊飲
施闔靜雞介邸田有鄰灌瓜獻有宵肅嚚化漸偷兒懟
俗變佼人劉治平既第一公以病自笞驅車出郭亭不
載金一瓶脫冠歸初林不遺米一籔惟餘平生書萬卷
葬崩藪羽林秉泰縫石倉軸金釦鈔許懷其餅讀牘污
以饗賓筵娛麈桐家會安鮭韭影雖息臂紱望自隆山
斗江左有經席曲學迷港漢大吏聘公至琢石俾成琇

帳裁季長開硯甫康成渡粵寇仍而張東南半壁疎諸
帥閣公名與公善薛萿請公急募團公自齎糒糗廣置
白甲軍百萬戶干振淮海數百里一一完潊笥軍中有
俘獲眉謂髮長絡公必細判白不專事誅掊健兒復歸
耕壯婦仍窩穀賣為間諜者然後鋤瘈狗公功在戎馬
陰惪況川阜 書卜鳳銜 丹印 賚寵顧鈕此公銘
鼎勳內行豈獨否公昔奉偏親晨葩躬潔滫鶴飛占吉
壤兔伏伴棠墣邱嫂見髻冠不敢笑聲苟猶子教折葼
惟恐家學負裘覆匍里閭廈庇偏甥舅廚舂焚昂頭船
錢散揮手至於公餘藝黃鐘小亦扣倉公傳撰原郭璞
文

書去莠蒭及虛中說事事可不朽而以還質公己棄作
黻帚和也辱公知不鄙小生鰍拂拭擊中銅藻績楣上
扁豈徒音賞琴每替窮送轉公子瑰且琦郁郁縣鬒鵠
亦賜車笠寵金鑽目霞誚未信駑骨罷顧謂初生姤交
誼既殊衆幸祝公耆耇壽稱神山苓漫秉赤縣枸何事
安期棗寔用太華萬千二百餘言祝公視此壽

冬日襍詩四首

雪晴寒更甚簷雀逐朝暄瓶凍花猶活鑪遲(生)火未溫新
詩慵作字殘酒欲開尊拋下重衾煖貍奴已暗蹲
滿路冰花白寒多日力綿頗思郫酒價難吝典琴錢舊

是聽鶯地重來欲雪天旗亭誰畫壁此事一千年
小市喧六惡近郵歸未忙水枯新得路梅少不成香病
馬齕殘燒飢鴉知夜霜樵重負黃葉葉有斜陽
冷極難看月平生一卷書霜濃雞喝旱風勁鴈來疏斗
酒當遙夜孤燈此敝廬比他林處士紙帳夢何如

紅葉

奪眼繁華萬〻株癡人儘寫小春圖不知沈醉斜陽裏
愁到當風欲落無

學山寄一札來其詞未畢即書其餘幅荅之

不是空函達草書何事遲竟參語歇後如讀古殘碑昨

十八

豈催租吏來當舉燭時知君留紙尾有意挑新詩

足瘃篇柬葉翁乞藥

陽春尚有腳我腳無陽春薄寒中傷之兩月行不仁肺
藏有熱疾畏近鑪火純逐日曬更拙智果非葵倫猶章
作客時閉戶如鶴馴朝夕一下牀咫尺牆可循餘則難
距縮聊亦忘吟呻前日歸乘家長路將及旬雖賃薄笨
車山〻石多嶙峋日暮雪當硬滑恐不受輪芒蹻屢難趨
忍痛難逡巡勞筋左尤劇血張紅冰皴初忽覺奇癢中
夜爬搔頻磊〻鵝趾疣棱〻魚分鱗了〻黿坼甲哆〻
猩上唇春乃成鉅創殘肉潛黏菌自家見尚殼何況旁

人瞋剔垢苦奏刀徹骨生荆榛[illegible]坐必結韈猶若束溼
薪淚珠暗承睫豈畀誤食辛潄屨不可納藉諱踵决貧
渴然欲下堂先效西施顰容至殭倒屐如怒溪齩斷齊
舞商羊鳥畫出山夔神負[illegible]跜蹠背僂似蛛螻身始信
梧鼠技之亦難先人自笑跛子跛足音不憐鄰遑言萬
里流濯向江湖濱夭未傳予翼去足良無因誰當作蚿
憐憐此比肩民頗有指頭禪刺刺紛前陳或言擣檽漿
調以羊脂勻或言漉椒汁煎以稻穗新吾試問諸足躄
立鴟仍跛聞君有良藥洴澼遺方真如今冬不戰莫售
錢萬緡用救里巷病君意不甚珍我既抱酸楚視詎同

九

趂秦願乞方寸匕使我蝇涑振敢蓂萸款𨀁高擧更八
垠去法卞和蹋苦辯玉與璠獨念頻年來轉燭道風塵
朝倚瓊閣津
近以弱息耗將訪梅岡姻契難徒跣往西杞嚴甫夏但
令重繭者睡夢得一伸從此脚著地君德常書紳矧君
社中友釀酒百甕醇方期獻歲後許我十日親會學郎
鄲步入廁平原賓毋令君樓頭先笑躄者臣
　聞學山將以詩饋歲先作此呈之
城東聞說有詩人欲換詩篇迓歲新我已今年無一事
酒邊嬾作苦吟身
　丙辰正月十三日飲浦口郵店題壁

依舊春江寶鏡光試燈風裏暗停觴一年我欲無佳節
十里誰知即故鄉飛渡尚思身有翅聞歌不覺背生芒
從今試問髡頭柝何日容人繫釣航

補賀秋舲生子詩

去年作詩壽吾師駢羅百福無愧詞獨於抱孫有編筆
私憾不免毫髮遺天若為公補其闕階前種出金蓀枝
故人知我聞必喜傳札千里來索詩遙想嗁聲必英物
鳳凰豈茁凡羽儀乃翁家學繼極盛應無撞破煙樓時
大抵前陳有世美賢星汝亦珠光垂他日停車去問字
楊梅孔雀防我喓百錢我未與洗兒一籌作賀今年遲

廿

近來應識之無字試以我詩一叩之

將之松江子岷以詩送行作此酬之四首

我本龍門士交君束髮時霞巢同繞樹下榻反為師豈不增因果何期重別離舊恩與新分回首愧經帷

何事此年少春愁如草生　國仇方切齒家難復吞聲與我共晨夕論文聊慰情天涯來日隔相望淚宜傾

舊學分明在相期夙好敦文章關壽命憂患亦天恩努力酬先德清聲副大門由來珍重意仕隱且休論

君知我貧者此別故難留作客非長策餘生況白頭浮名資乞食何日草堂休孤負平生志無家馬少游

倚裝別秋般

交君五年七離別論文賭酒劇相思兩人不似無緣分
千萬信鄰會有時

賦得浴佛日十二韻

送春纔八日證佛此三生畧嗽青精飽重尋白水盟五
香新酒蔔十色慧珠擎麈恐遺因重花防結習贏灌胸
瞋定解澆背冷休驚寶相沙淘盡金身露滴成年々膜
拜意處々指彈聲立地晨初熱當天午正晴桑空誰是
母蓮化尚如嬰雨縱梅枝熟泥終柳絮縈洗頭輸玉女
濯足想滄瀛我亦膚多垢嵇康懶有情

廿

[施念曾]

過丹陽時聞賊陷江浦已踰而西寄書至全椒迎
家[眷屬]同往松江

我昔轍困江南鱗扁舟遠附全椒姻一家竟作如歸賓
十千償屋許卜鄰豚羣鶴雯紛情親雞犬見客都諏馴
此鄉風俗淳[純]手淳[純]方期銖積賣賦緡買田長寄皇初民
聽鶯遊戲桑根春蒹魚自引囊流綸(桑根山名　囊水名)一年一
釀酒最醇能令鬢髮遲生銀今雖覓食風轉輪冬餘必
返天涯身有家已不愁蓬蘋何圖賊艫江千塵傳聞火
逼臨滁濱西道都在餓虎齗齶發而至不待申遙知妻
女雙眉顰破膽纔補驚魂新出門何處棲荊榛荒城賊

縱哀憐頻（癸丑四月賊北犯時遍全椒未入境）窮邑或陷盜與昏我無歸路難問津燼餘骨肉仍參辰日長誰指紅粟囷鐵鍼能謀幾束薪榆錢雖多不救貧桃花雖紅不避秦（余所居東曰榆錢街西曰桃花塢皆椒陵勝景也關警時遷三月想遊人屐齒不及矣）莫辭行路重苦辛及時飛渡江之滸遺我去食千里蒓回頭敬謝諸故人若甥若舅恩尤真但願兵氣銷紅巾閭閻萬瓦全其珍他年再到神山垠吟窩終築無我瞋我斷不忘香火因

泊蘇州

胡奴說鬼豈消愁酒盡燈昏夜欲秋涼雨一城哀角動繫船渾不似蘇州

內子至

鞾鼓連江雨接天，罘𦂳遠到海旁邊。焦薪近火魂先奪，散藻隨波力易遷。羈寄事原同鷄雀，樓居時且學神僊。寓屋一樓僅商量，終勝牛衣泣伴我。春聲過數年。

爲高𩀱漁太守題練湖待月圖

天邊無夜月不圓，誰能移家上青天。眼中有月無雲煙，一住一十二萬年。古有神僊亦虛說，大家應海拜明月。清涼世界大歡喜，喜是常圓愁是缺。常圓暫缺生光遲，微雲飛來點綴之。江山錦繡黯無色，狂風畫意橫空吹。明知霽宇望中在，舉頭豈免憂來時。此時曠野𢖍人立

此時岐路幾人泣黄昏大有悲聲起處々失羣孤鳥似
投暗先防老蜮知問迷難覓雄鶯指不盡哀鳴盡旦心
錯疑長夜茫々是此輩餘燼不足贖奏書我欲天前陳
是何使着名結璘後事更有纖阿神得無白日惟飲醇
近來酣臥腳未伸其下八萬四千戶凡費天錢無算緡
虎驕竟似誰家賓腰斧遊戲星街春坐視寶鏡頑生塵
蝦蟆本無蝕光意不覺漸狎蟾兔馴瓊樓玉宇貪容身
遂令海隅半昏黑十步五步成荊榛冷陰沈々霧露惡
荒傖鬼鳥嚬怖人燐火無名作毒燄驚魂四散紛青燐
要之月望久磨滅問孰受命司冰輪雷霆一洗穢濁埽

廿三

請聽下方蠨蝨匠碧翁二事何敢言且來待月尋飛軒
月光咫尺九閽下此我聞諸使君若使君來自流沙東
恨劍不快與我同輓粟經過練湖側練湖水綠花流紅
多情招手廣寒府來照東南好門戶畫作清遊雅步看
攬轡澄清心正苦何當月滿銀河秋楚吳來往長風舟
使君酌酒三山頭我筆吟詩萬里流

題銘東屏太守句趣圖

五鹿一塊土放出之世界今人不如古之亦作狡獪或
弄猴使衣或教拘學拜或作妓歌舞或習僧梵貝或竄
以足承或椀在腕挂或飛鈸過頭或剸刀出背或挾拳

技多或斷支體壞太守遝其事一一入諸畫嬉笑怒罵
聲自在不言外讀而意適之四坐各稱快獨我汗欲下
懼心動着再祇覺尺幅中遺處有我在我家建康城東
南大都會當其全盛年日習見此筆市井所不齒流品
下〻最夙稱九儒名畢竟壓十旬士雖長貧賤何至乞
自戒一從離亂來十萬戶破敗驚禽各求棲或不得蕭
文頗闐錦衣兒往〻餓難耐聽鐘趁寺齋不暇問形穢
吳楚千里聞流民詎勝繪況我尠親知一物咄〻怪今
雖寄人籬餬口仗粗糲男兒重家室英氣已先退但餘
求活心豈有名可愛一朝汰路歧寒趣漸無賴轉磨輿
茁

擔水力難從負戴窮鬼撫掌笑教以媚嬉態聊復救身
命庶幾死暫貸平生狂者病到此應始瘥尚有愁中愁
癡歎向誰賣吹簫夫何辭不解吴儂話時移家居松江頗苦於土音故云

述病

殭飯孱身已死灰白頭何事病魔催早春客路寒爲祟
邊海居人溼有媒讀史難忘諸將恥聞歌頻觸積年哀
入門況畜傷心淚別自殘杯冷炙來

食瓜作

方暑慵餐飯如瓜亦健人甘多調口滑寒極中眉顰腹
剮十圍大恩叨斗水真劇皮毋過厚恐惹老羆饞瓜每食時

主人必藏其收

七夕五首

暮天雲意欲堆螺好雨如今未厭多牛女若知塵海渴
不辭蓑笠過銀河 時方久旱望雨

寄語雙星慰合歡更休清淚夜潸彈江南夫婦重離亂
儘有今生一會難 五月聞江甯鍾山軍潰二百里內男婦散之以億萬數而城中人之寄居者為尤憯

蠻人真見有紅牆五色霞邊駐錦裳為問天孫經過處
眼中若箇郭汾陽

鳩鵲橋非引鳳樓聘錢未了各歸休黃姑落得無家累

芊

不似梁鴻廡下羞余新挈妻女來松江而已有去志矣
分巧吳娃又一年香花隨處拜青天客心自為悲秋動
多恐今宵也不眠是夕立秋

松江旱秋日有懷秋舲子岷

秋信江南有落桐算來江北亦秋風菰蒓不是留人物
夜夜揚州入夢中

菱二十韻

此物關民食秋江又采菱貴同蔬入市豐比稻連塍泥
記春池老潮添宿雨澂相看銀鏡影頓憶璧田芳種傍
荷錢浴根妨著帶揯珊芽纖腕穎綠蔓輭交纏葉抱雲

生似花遊月拜能囊初兜綠錦綳漸裹紅綾飛處翎偷
雉行時刺碾綾瘦腰疑水嬉微步想波淩彼美乘舟至
清歌隔浦靡葭邊濱倚樹孳末暗搴藤選豔盈筐篚售
珍論斗升霞濃空甕浸露重得盤承柔笑中無骨堅瞋
外有稜齒痕煩婢代爪力讓兒矜角競談餘折脂從洗
後凝剝成雙翦玉嚼動一丸冰非藕何勞雪如棃亦頗
蒸風乾饒旨蓄屈到嗜還憑

有以詩彙屬點定者題一絕歸之

錦囊才盡論詩難潤色誰聞孟借韓嘗作如花好傾國
酒邊燈下十分看

廿六

主人齋

庭前玉蘭一株七月中近根處忽開辛夷一枝漫占此絕（時館松江馮氏梅花書屋）

玉樹當時海樣春一花寒趣染脂新誰令老去秋風裏作畫頻顧苦向人

苦蝨

我靜如枯禪一客不敢見幺麽汝誰氏修謁及寢宴吾蝎挾銛鋒來意大不善非蟲亦非蝨曰蝨苦糾纏夫汝何自來大氐熱土變海隅腥臊多非種易蔓莛遂孳恆河沙數處徧庭院昌陽菖酒毋桃枝灑濃霰辟汝似辟邪汝不受烹鍊白日常千人一二隱衣片暑餘習裸身

力尚任驅遣入暮貪新涼當睡意已倦汝乃動大衆無
聲勢潛煽初猶蠕蠕行使我毛孔顫纔皆蹶而跳茵席
棘芒椓將無恆苦餓今夕與豪飫醉飽漸無禮舞蹈作
歡抃又疑羣小衆得食怒交戰爭先一嚼嘗膚革攢著
箭我謀生憂之將髮當墨綀平縛數十頭帳下示嚴譴
手拙難捷獲摸索暗中徧呼鐙瞬纔停躍去速於電掣
回誤壁指遺糞衾上綫連誅了無蹤藏身黠甚便似畏
罪乎摩報以血花濺幸汝畱餘地未渠破吾面脛股肩
背閒碩軀恣齧噬與汝姑調停忍痛再一餧且去吾欲
眠無爲久遲戀況蟲類萬千一一才技擅或頗吞螫人
芘

以人為鼎膳亦各理人病而汝不中選抱此塵芥形鑽處郎輿撥時之入人幕至竟孰鄉眷數典辨汝族苦問腹中卷蚊行脏語傳美名儘可羨汝復尠道及可知賊品辭我雖笑罵汝為汝作佳傳

秋夜小步涇上待月

獨倚漁燈自在行星河斜轉月初生破橋潮急野花亂荒驛露多秋樹明珠玉難酬新雨價蒓鱸虛重此鄉名四邊蟲語喧人耳只有南樓鵲禁聲

落梧曲寄蔡紫函琳

落梧復落梧又値秋風初秋風不可說但說梧葉拙梧

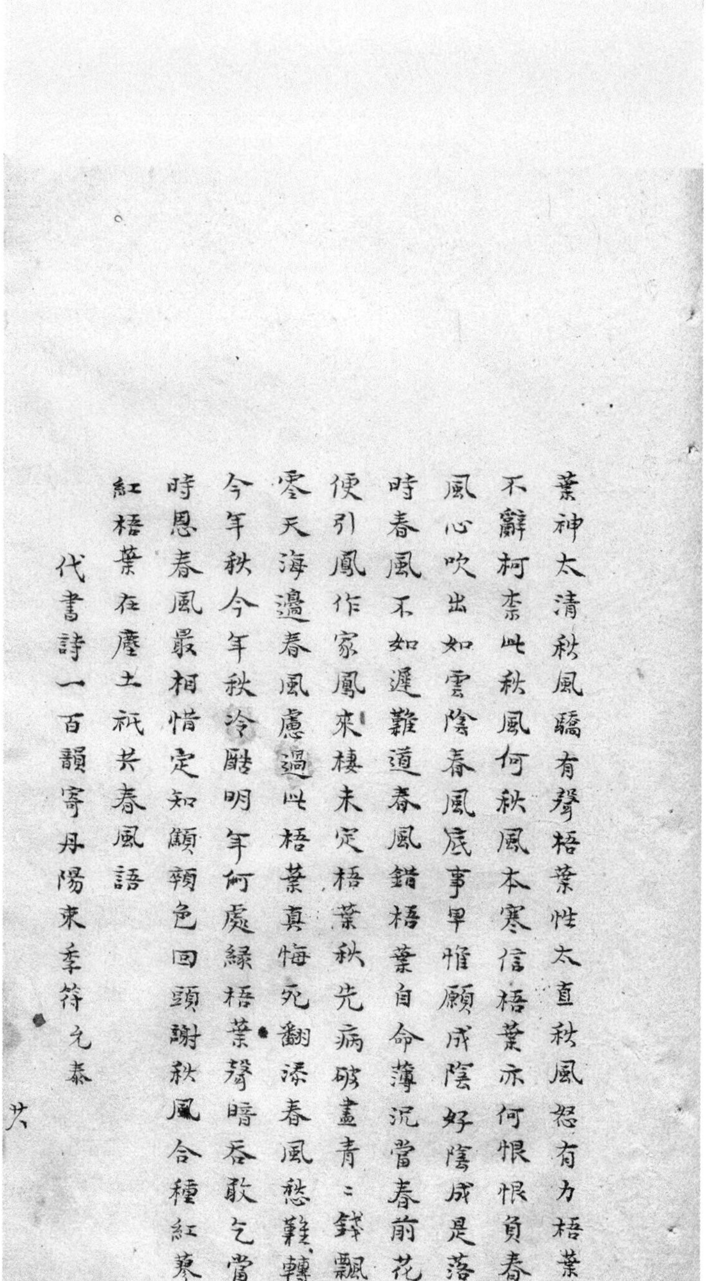
葉神太清秋風驕有聲梧葉性太直秋風怒有力梧葉不辭柯柰此秋風何秋風本寒信梧葉亦何恨恨負春風心吹出如雲陰春風底事早惟願成陰好陰成是落時春風不如遲難道春風錯梧葉自命薄況當春前花便引鳳作家鳳來棲未定梧葉秋先病破盡青〻鋒飄零天海邊春風處處過此梧葉真悔死翻添春風愁難轉今年秋今年秋冷酷明年何處綠梧葉聲暗吞歎乞當時恩春風最相惜定知顧頳色回頭謝秋風合種紅蓼紅梧葉在塵土祇共春風語

代書詩一百韻寄丹陽東季符元泰

廿

别君芍藥風春盡月在余匆匆秋已半白露凋紅葉宵
夢頻見君中僅一寄書作書寄君時軍聲靜如初其後
屢駭聽告敗紛馳騃一將急執刀長眠無遠慮一將蟻
潰隄至竟先籌疏兩郡添刼灰仰天禍孰紓此賊慘非
人以人為醢菹我昔陷黑獄變相親見諸比閻賊過處
横驅斷雞豬曲阿雖瓦全要是賊唾餘君有妻子女豈
免移僻壚子韓亦家累與君屢負驢遙想呼驚魂奪步
趨崎嶇相從南山南遠出賊所陸休問溪種桃可能屋
隱闤君定急衣食仍屯軍門裾盡日俯捉筆驅疾將瀛
滌令公喜怒着近已歸里閭無復蠅吐污或嘗鶴盍穪

君體癖若齋苓朮常宜茹無為壅遏之轉以肉養痼方
暑得頻浴非種應畢鋤美酒蘭陵多曾否歡飲醵余在丹陽
時君託齋戒飲凡此詢君語西望恆躊躇以我躊躇心知君復
憶予請述行着難辱君聽何如我貪南枝棲畫室辭淮
滌飄忽一千里五萬錢舟車既來春申江循江債歛廬
樓居纔三椽臨街婦洗梳地溼足蝨蚤蝶睡囍遷々朝
去入郡市莼鱸嗟虛譽姑覓一飽資薪米鹽醬蔬問價
羞探囊物々奇貧窘尤恨方言歧發聲群軒渠極意學
蠻語將進瞋趦趄曷為遠道來彊顧執人祛豈不念樂
土避風師鵷鸕儻得數載留佳境期會諸此吾先世鄉
廿九

雲仍還歸於余先世自華亭還宛平再遷江寧詎知苦海波濤處舟逆
挐皇天夏不雨溝港泥皆淤青〻田中苗頓萎雲葉滑
彌月舞桑林禁及鰕鱓屠借押已有游閒民借名耦呂耡
翦草縛百龍麕集太守衙借押非時欲貸粟其狀狡甚狙
若輩苟苦飢寒野覓橡櫧一旦聚為盜篋恐白晝胠憂
旱且未已疫盛邪挾魑巫禨重舊俗諱苦神言臚夾道
盈香花繁唄鐘剎鐻借押我家祇三人次第符繫袈晨熱
昏欲酣夜起欣涼蠩爨煙常不興鮭菜歹乳蛆典我白
布衾藥裹供嚼咀縫束肘後方待付鈔書脊卻以二者
論眉顰安能舒魑尚不足詛魅亦不足祛最憐猢猻王

舌耕非菑畬我初坐經帷弟子前問足眉目好若畫比
翼鳴鵾鷄性乃不好讀如臥時聞呿勸勉術既窮下策
威伏荼何期主人婦於意大齟齬謂師貓孏毋技胡黔
中驢遽代越俎庖使擁皋比虛本來下客飴冷炙無完
脂草具漸不飽驪歌此權輿尚欲曲彌縫陰璧降城旗
傳婢忽監軍屏後衣見練稍有不措意大聲雷震砠未
辨呵罵誰只合耳貫璩獄〻閨房雄有是摯者睢余雖
靦然面容氣久埽除爲師至於此豈復可忍與況彼翮
翮兒藍田雙美璆坐廢無磨礲自問愁作礪昨已請絶
交敬謝之智譎明知廣慶稀微命天植噓或着黄塵寬

卅

有地容病樗落魄亦意中覔化枯肆魚滄溟方橫流愧
弗樵而漁置身哀樂外庶幾老死徐頸年梗窮途淚積
河可瀦不知葬鵑血何方茁茹藘得失原雞蟲譬之棊
與擕獨悔燕雀忙營巢甘拮据此行太拙弄鑄錯實補
苴愁至無斷絕刀思借錕鋙與君託心知聊復陳款歔
勿為外人道徒蒽纓絕喙昔別行色嚴方寸窘莫攄諸
責償此詩匪曰賣瑤琚藉題一尺扇冀君懷袖備耐久
毋棄捐情類漢婕妤和也謹再拜並詢君起居霜菊瞬
戒寒努力慎璠璵
今夜

今夜敲吟枕高樓又冷些風嚴雄角語雨重瘦燈花漸
老驚多病長貧恨有家秋蟲亂人意不睡盼嗁鴉

賦得親朋無一字八韻

豈不將書去而無惠我音未應真淺絕難道盡浮沈都
有平生分期盟老死心別離猶各夢衰歇到如今縱或
雲還變何妨語淺深遺時仍盼望幾處費沈吟他日梅
誰寄秋風酒自斟若為酬一字還欲抵千金

秋海棠十六韻

處女幽花最秋風數海棠身輕疑步水骨瘦每扶牆瑟
種防蝸餂璃根慮蟻傷有魂遺竹活如願出苔長中曲

艺

金莖挺斜敲錦蕋張亞枝銜絲纈々葉抱羅囊緋扇重
圍卻朱纏小隊當衢肥珊作彈稍重玉垂璫櫻破千回
笑梅差一點妝奉心珠露似暈靨酒潮剛欲淚含朝雨
無言背夕陽寒時甘晚嫁恨事補春香雪浣還能白煙
霏或冒黄緘芳熏麝炭擣鹽染盞餹餘味聞酸齒前生
說斷腸化爲蓮摻草帶在足趺旁

蟻婚

方晨童聲漭蟻戰在晴墀何事微者蟲外忿中弗餒孰
陰伏而狙孰陽怒而駘我來壁上觀未覺鬭志倍但見
羣蟻旋蠢蝡階石礫不辨千與百作隊墨交彩依々塵

土中其狀褻甚猥自餘殊紛紜兩見熟視每以口欲問
訊鬚舉想奉頦氣或鍼芥投雙珠頻貫琲亦有寫合着
往々止受紿身近輙引去形繈若恐浼猶復行勞々冥
求未胃息最老數十蟻頭股肉起靁屹立常不移癡立
意有待須臾解而散如羅戲傀儡居然同穴歸徐上高
樹瘣若果蟻決戰胡然苟奏凱絕無野棄尸戮力死矛
鎧兹尠毫毛創回步行折骸我心相然疑良久笑而欵
此實蟻婚耳曰戰謬無乃上世巢燧前已閱千載婚
禮固未興獸行豈無罪羲媧兄妹說悖合誅以攝聖人
師萬物有術陰主宰度與此蟻同蒭菲聽自采事雖近

廿二

草畧怨耦乃寤悔既各私室家何至士逮賄中古設禮
防妁氏列寮寀姬公書六官典尚皇邃匪不禁中春會
許暫贈蘭茝峯相責近情衢巷味調羸後賢未深思道
是葬款改世近禮愈嚴女賸自媒隗大節必踰山名教
白日罐惟閨南荒苗小年對蟠鬃柿團奩寶璫衣羽競
璨璀跳月桃花天日問卜子亥意得斯相從豔歌會聘
綵亦此蟻着流然有古風在我今賦蟻婚讕言忽倒海
倘與腐儒談語病索瘡痛將無責誨淫難破迂塊礧詎
知蟻娛愁聊緩涕淚濯吾且欲語蟻不見蛟虬鯘取妻
必生子防人持作醯蟻乎汝非戰民今戰方殆

八月十五夜作

我道今夕月祇是尋常明下界何所愛而以佳節名比屋忙香花前席瓜果盈百拜齊當天如見嫦娥生吴娃妙梳洗鮮衣上街行叩門邀姊妹有地皆笑聲誰家好子弟打鼓還吹笙豔曲喧沸鼎巧與紅妝迎來往水中龍不夜疑春城大抵舉國狂亦自歡腸成秋涼逐殘暑稻熟病鬼平（今年諸郡邑皆歉於旱而婁田獨豐）小小年各乞事喜氣眉宇横良時盛歌舞得意方爭鳴遂覺月十分此鄉如玉京我昔家青溪夫豈非人情每當今夕前與客先課晴月下長橋時嘗泛扁舟輕不復兼舉燭風露良遊清如今

世

一葉命九死魂餘驚依人等肬贅血淚從誰傾乞援故人書一字無報瓊薄暮殫命酒未飲神已醒努力差健飯擁劍砍呼蠢（蟛蜞雖不可食土人翦其螯之偏大眾者賣之味不減於蟹而食亦無毒）中獨閉戶胸腹愁有兵不免意灰槁欲樂難支撐天憐此緒惡新雨來三更催起寒蛩嘹伴我吟孤縈

秋蟲

灼艾焚蓮計總非新涼燈火尚依依老將謝世心逾毒熱慣因人口便肥坐待雙星投暗至夢回疏雨作聲飛翻憐團扇添餘寵已是捐時更一揮

秋蠅

何聞何見去來時窗紙重鑽事可知落木天寒將弔汝
倉瓜人散更干誰爭多沸鼎趨空慎爾許斜陽戀亦癡
作畫繁聲都惡劇長吟蟋蟀自忘飢

解嘲

豈寶柱下言而欲學守雌蓮宗重忍辱亦自非吾師半
生齗齗儒養氣尤自欺琴絃若動殺聲在長劍未馴夢
捉之間卿何為不男兒君不見仲儒屈意請蚡宴正平
猶聞媚表詞其他忍淚事可知廁中胯下非難處只要
饑寒失路時

蝗至

卌

千里夏無雨江田未晝遲人猶期稻熟天又遣蝗知難
緩神倉漕方增列竈師吳農竟何罪不在腐儒饞

庭前秋海棠甚盛五六月間傷於旱至九月初僅
有三本作花者蝗墮地復蝕其一詩以吊之

小草天都忌孤芳似此休秋先桐葉病蟲當稻花響漫
假春陰護纔知薄命愁尋常自開落已是學生修

夜坐

不須尋事更悲秋飽盡酸辛此壯遊滿地干戈遲去雁
殘生妻女重浮鷗老非愛酒難支冷貧可貪詩最避愁
似我短燈無睡客吳江黃葉學家樓

余所居樓後樹上多梟鳴初甚憎之今熟矣誌慨

日長愁絶惟思夜夜枕纔眠汝喚醒只覺此聲都未惡可知人語不堪聽

重陽

三年四處過重陽（前年在泰州去年在全椒日偶中時突有賊警急走二十五里之北鄉其地已近滁州矣今年在松江）身比南遷雁更忙貰酒從人說佳節看花何日歸故鄉樹雖如此春猶綠我欲不愁風太涼薄暮登樓望書信白雲秋草路茫茫

將去

不辭荊棘路吾意又天涯未煖羞移席常輸怯著棊去

無鬘菊處來是望梅時所得今何物吳中鬢髮絲

悲來

悲來難放酒顏紅長夜他鄉況雨風萬里音書蠻府外（方作書寄雲南學使吳和甫師）一家燈火雁聲中身如孤注翻愁病事已空城不說窮極意周防秋冷後更停老淚作飄蓬

九月二十四日以妻女去松江將復移江北是夕宿青浦

饑鴉成隊又西征知有江淮幾日程來事但憑風定葉此鄉真讓酒稱兵（青浦西城之酒峻於松江遠甚）愈驚秋冷蕭霜信欲問余愁在兩琴未用行更防暴客備應瞋我舉家清瀨

舟中遇先祖慈忌日不能設祭感述（江行舟近頻有盗聲）

半年忍淚在人前寒雨吳淞又客船儻已知聞到泉下一時黄髮定悲憐

大風雨泊舟

風雨催天黑吳船早住橈部貧疏點火江飽怒推潮客意去方急秋陰寒更驕誰知此行苦妻女話中宵

次日風雨更甚舟不能發

何必兼風雨纔成行路難我應窮未至天更虐多端漸欲酒錢吝空江方晝寒置身無是處前望意漫漫

廿六

弔人墓

一死終驚奄騎還只今埋骨萬花間（墓旁皆數 花着所居）羨風尚

恐要離愧氏敬（後有）梁鴻葬此山

舟次夜飲

頭已三年白身幾萬里遊客心當此夜世味賸孤舟風

勁蟲遲語霜溪水暗流寒燈倚尊酒寄意送歸秋

五

秋蟪吟館詩鈔卷五

上元金和亞匏

壹弦集

余以丙辰十月應大興史襄甫保悠觀察之聘佐釐捐局於常州明年丁巳移江北其七月又移東壩遂至己未九月皆在東壩局事在簿書錢穀之間日與駔儈吏胥爲伍風雅道隔身爲俗人蟲鳥之吟或難自已則亦獨弦之哀歌也今寫自丙辰十月至己未冬赴杭州時所作詩凡二百有餘首曰壹弦集

停雲

停雲江水最東邊，瓦礫為衣棘作氈。梟已改聲仍注彈，駝原瘇背敢羞鞭。但期白飯兼三口，抵乞丹砂駐百年。生意秖今頗頓盡，受人排遣得人憐。

寄家信 時寄家奔牛鎮

尺書頻寄有吳航，居不成家況異鄉。人為餘生常事錯，天教歧路值年荒。神錢豈有歸飛處，僊藥從無止淚方。婦書來索裹備目疾藥 百結愁腸來日遠，酒邊枕上怕思量。

江干步月

江天夜靜月華清，秋盡銀河瘦不成。何處微雲來點綴，

頓教人似夢中行

即事

天意驕時賊軍興七載餘積衰民亦虎多斂澤無魚事

豈回瀾易人誰釀病初只今長痛哭休上賈生書

得家信寄丹陽東李符允泰十韻

雞鳴雨初霽有信到江干和夢披衣起擁衾忘曉寒數

行章急就細意静回看道辮流黄婢今猶困藥丸一家

陳纊薄米貴欲停餐曾約將歸去遙憐筆尚乾少君雖

健婦不解寄詩盤瑣屑頻傳語平生此友難況聞當打

槳同畜淚芄蘭亦為紅閨病見時都寡歡時李符亦將歸視婦病

曉起

江鴉如沸過禪房時已傳餐澣沐忙宿雨放晴寒亦好
新詩入夢醒都忘覓來蔥韭常無價落後楓柟尚有香
煮酒攤書隨意坐睡魔重到竈觚旁

枕上

江蘋隨分滯飢鴻始信輕塵弱草同寒極不羞錢癖重
愁真畫放綺囊空酒杯縮手秋花下詩筆傷心暮雨中
賸有迷離禪榻夢一燈睡味襍苓通

夜泊口岸泰興道中

艣聲澀處夜寒增闌吏樓頭獨有燈秋葉盡零難辨樹

暮潮未落已成冰月華何物魚都愛風信明朝雁可憑
客況愈孤吟自健且沽邨酒放眉棱

常熟泊舟後得大順風夜發歸江陰 時移家江陰

入暮烏嘷引客程長年飽放布帆行樹難應接知風利
潮況奔馳帶月生來日到家應可信窮途如願太無名
天公定與鄰舟福不受虛空慰藉情

喜含山慶子元光亨來江陰見訪即以言別四首

別後江南亂無家今四年昔之憂世語事竟在生前若
論氣如虎都應魂化鵑兩人猶未死此見豈非天
何況書生志相期大將才但憑怒髮上亦可作風雷頻

三

歲向天哭何人如汝哀橫胸兵甲在從不壯心灰
我已銷聲久甘埋萬古悲天涯餘學輩能讀近年詩君
至催沽酒酣歌似舊時舊時更狂態江上月曾知
可惜飢驅急明朝我又行茫茫江海路無此劇談聲有
地籌軍國知君忘死生歲寒珍重意休以一身輕

小除日阻舟如皋之曲塘易車以行至泰州

風定冰全合扁舟滯海涯一年爭此日百里走單車歲
儉無喧市居人自物華誰知急行客仍不是還家

戲題卷簾美人有調

花笑光陰絮舞時眼前重見此蛾眉近來恐有人瞋問

金屋深深是阿誰

鍾樓瀹茗圖 圖為鎮江九華山僧某所繪

樓外江雲非一狀樓中日午茶煙颺坐來牢握聽鐘心

當年此山似天上此山今日付誰看白骨荒荒玉帳寒

一星芋火無尋處何況拈花老嬾殘

丁巳花朝有作

斷雲如墨雨如絲寒到花朝薄暮時江上更無春色在

但青青處是楊枝

渡江口號

悔倩江神渡夢過近來塵汗赭如何服鹽自笑非騏騄

四

爭食誰知亦鶖鶬君輩才都居我上餘生思只負人多
男兒不是饑寒累鐵骨何由寸寸磨

山寺題壁

山寺無塵春有餘我從香國駐征車此生可注閒人福
去擁名花補著書

花影

纔向樓山臨畫稿又從池鏡亞空枝月明花影無安頓
何處人生不別離

陪某公夜讌坐中客有以數十律屬和者固辭不
敏賦此見意

上頭賓客盡如虹，授簡何堪命阿蒙。豪氣敢稱蠻語熟，
虛名休數馬摩空。未經仕宦才都退，豈有窮愁句尚工。
水上百花花下月，最無顏色對春風。

戒梅三首

許棲烏鵲太關情，珍重清標得豔名。儘挾霜棱當路冷，
要垂月影向人明。香留南國無多樹，紅到春前是幾生。
止渴好酬他日願，談何容易便調羹。
遙知落處作錚聲，一笑千金價冒輕。可記春風暗中起，
纔回宵雪冷時生。貽嫣肇遏林和靖，獻媚從欺宋廣平。
已是百花頭上放，後來桃李要留情。

香影休彈豔曲成人前妝點可憐生賺誰吟趣教驢憊
趁此交情放鶴清世外寒年無久夢江南好物只虛名
孱姿如許飄零易試聽樓頭笛有聲

舟中送春

客路易中酒天涯況送春從來落花日不雨也愁人

落花

萬點殘紅謝故枝漫天帀地受風吹餘生茵溷都無恨
恨是飄零未定時

原誤

人生百年中能容幾回誤誤者謂不知知之胡弗顧蓼

蟲難辭辛負版無平步豈真性使然亦非盡守素事必有由致君未察其故

偶得舊陶集讀之漫書

我欲方陶令書生更可憐看花誰有酒種秫況無田難諱閒情賦長歌乞食篇窮愁兩無賴或附古人傳

送子元季符渡江

何處青山好結鄰天生吾輩與長貧逢人休更憑肝膽失路先宜絕笑嚬錢外論交如古易酒邊惜別只誰真卜橋藥肆商量可隨分安排未死身

志感

六

長著難逃瞽子疑洞明心事暗投時逢人躍冶金雖直
信佛談經石尚癡水竟無魚終怨府市方有虎畫冤詞
不須錯字從頭鑄前路揶揄鬼自知

將之淳溪

秋來霜鬢倍飄蕭欲飽何辭去路遙愁亂斬都難著劍
悲多吹亦不成簫燭前德色同加膝牛後羞聲勝折腰
莫問此行深淺淚明朝江上看回潮

舟中不寐

醉淺無酣夢吳船此夜長孤蟲初學語殘燭欲辭光雨
意天遲曙潮聲海始涼銷魂不在別秋已斷人腸

蠅責

曰蠅女來前人畏女善讒我道女穢形發聲亦[illegible]凡一字無分明向人惟詁〻清夢頻相干於意了不杸凡間女聲着孰不驅逐嚴敢惜撲滅勞累及婢手摻臂避毒讒聲失色急脫衫何至信女蠱許女談席儳女主日下鳳高樹招賢繆詎無好羽毛隗始挍自嚴或苦語太直左右增史監逆再屢不怡野性疑麐麕女以此時進禪悅師妖衎閭學小魚鯁但附雙燕諵女主喜女馴吐飯握髮彭降心受訣詞古樂欽韶咸置女獨坐榻青金雕紅蜮女居神欲癡眠起需扶攙咲女珍廚珍萬錢醫女

七

饞女食飽欲死那復名酸鹹漸覺味飲醇與女通至誠
漸覺泰投膠與女商民咨女遂麹涷足陰附驥尾颿尚
恐貿星多一網同埽欃有如歲寒松豈是垂癭杉自女
伸吟之松乃遭鋤芟有如連城璧豈是含瑕瑊自女揶
揄之璧乃經削劘能使無價寶著糞涴有黬能使記事
珠圓光破雖嵌青天白日中平地成巇巉女謂工蜮射
藏身恃重巖可知怪哉蠢百齒胥女銜莫笑拔劍拙誰
之錐與饞一朝制女命女魂非兔毚女死猶乳胆鵚鶖
不女鴿只合投溷中而以丸泥椷女今戴二天方順風
揚帆雷霆縱在旁女口亦弗緘我將寄藥石咄咄常空

亟我似寒蟬瘖自有叢桂品

題永道士壁

暫依香火亦因緣何處桃花是洞天許我登樓看秋月
不妨有酒學神僊

驅蝗行

紅日上天天不明四邊但有驅蝗聲蝗飛如風落如雨
一落平疇便焦土此時稻綠未可收蝗乎欲奪吳農秋
吳農驚望面灰死老人擲杖病夫起姑嫂兄弟男女童
大家奔走蝗當中流汗絕聲半瘖瘂或擊豐銅捶大瓦
肩旗手帚列炬星一心但祝蝗勿停蝗自不聞亦不見

八

隨意東吞復西嚥誰家田上一穗無寡婦道旁淚眼枯
吁嗟女蝗計太毒再遲十日稻已熟去年江南夏雨愆
秋雨未晚仍豐年黄穉將登女蝗至拾女唾餘米大貴
今年暘雨幸及時幺禾女又睥睨之一朝女若食禾盡
萬井無煙女真忍況女蝗自賊中來女口胡不向賊開
蠶賊心肝圖佳事卽斷賊糧功亦偉渡江乃獨讐吾民
灰燼餘生天豈瞋蝗女何愚助天虐驅蝗更愚逆天作

始得家信知祇女病瘧

書言嬌女病病是早秋時秋半書方到天涯愁已遲遥
知費調護阿母箏顰眉辛苦飢寒外還酬藥裹貲

八月十五夜無月寓樓獨飲不復成醉寥尔有詠

四首

萬頃秋雲暮更濃
雨聲如吼亂嗁蛩
書生也欲呼明月
未必嫦娥畏劍鋒

我方落魄鬼為鄰
何處清遊可寄身
愁極翻疑天有意
要將月照不愁人

紅燭雙行黯黯煙
遙知妻女拜當天
天涯別有人瞋說
真箇今宵月不圓（余與朵雲別時嘗約中秋日若不渡江則是夜必無月）

孤館論文定不羣
縱教無月酒都醺
平生我已禁貧病
獨恨狂難到此君（謂子元時客丹陽）

九

十七夜見月有懷

小飲夜已深翦燭忽見月開門試起舞新寒中毛髮昂頭呼青天我是鐵錬骨閑置雖如囚狂氣未銷歇豈有惡風露獨降愁城罰此時萬戶眠寂寞玉一扆茫茫千里中誰更清興發或者翠袖人臨江冰羅韈方恨月出遲圓光畧凹凸我有禿筆鋒願補鏡中闕得修嫦娥眉書空胡咄咄

飲酒

飲酒亦何趣宵深必舉杯終朝況愁絕此際獨顏開為遣吟懷出還牽睡味來醉餘尤耐冷豈不是奇才

連日大風雨聞農家者言憫之
日者蝗之來如雨勢難遏青﹦田中禾敢望虎口脫真
雨何處生天似蝗命奪方欲酬香花百拜喜著襏詛期
施淫霖雲黑寸步豁連朝更狂驟垂水海搖闊老農往
循隴氣盡泣而喝若再三日陰稻爛不煩割前年秋有
兵地供賦芻秣去秋兵旱蝗齊滅土一掃今年耕差安
秋成慰飢渴蝗乃陰伺之呵逐口流沫雨又乘其虛虐
且過旱魃合冤欲問天理直聲咄﹦天乎此何意欲殺
民則殺吾米蝗所留牙慧等毫末縱得全家飽能多幾
時活

不寐望月

睡更披衣起詩狂與酒顛樓高風有力水遠月如煙夢在蟲喧外愁生葉落邊人將秋共老寒趣又今年

寒夜

寒夜倚高樓天陰作暮秋戍燈含殺氣部梵挾淫謳鴻去知風力星移覺水流客懷應怯睡此際尚忘愁

米

洛京肩越豈相宜莫笑貧家數後炊史筆尚難輕市直賊符何怪久詐癡倉梯身已同泡影囊粟心原謝飽飢一飯可知恩太重年來為汝不男兒

鹽

糝白霜紅水亦腴淡交滋味竟糊塗儘添銅臭千家可
能作梅酸一事無因驥居然傲英物引羊畢竟媚淫奴
愁余舊學荒蕪甚賦海遺忘詠雪麤

酒

何必論交我輩私嬰酣愁死一中之守文丞相留賓日
失路英雄近婦時得此能忘天下事有誰敢作讀儒詩
最憐成敗因人處名聖名狂兩不辭

肉

平生鮭菜未全非每聽轑羹淚暗揮豈有大夫謀國鄙

十一

何妨從者食言肥旻原可欲人偏賤糜果能分世不饒

多少屠門豪嚼者一心說士坐中稀

夜坐

坐久酒都盡天寒夜四更短檠無火意還析有霜聲怯

睡中年味尋吟獨客情樓居愁似海未必便長生

客中除夕

辛酸今歲盡獨客黯銷魂四顧無前路春風古寺門此

身空老大與酒度朝昏閒殺著書手傷心誰與論

戊午上元夕抵家

船對潮行去艣遲到家已是月高時迎門兒女先調笑

錯過春燈酒一卮

邨話圖

頓覺千年遠清涼滿目前歸來種桃地笑倒釀桑天我
有千秋話今無二頃田結鄰向風月此事是何年

邨外小步

雨後春光繡不如四邊新綠繞山居無花老樹知多少
桃杏詞人不道渠

即事

蒙頭衲被意如灰儘好山春眼倦開花底雨餘誰試笛
引回殘夢過江來

十二

飲酒

爭時洗面淚珠乾多難長貧意彊寬儒匄有年於老近
樵漁無地得生難一家餘燼期錐立四海橫流仗鋏彈
不是酒杯渾作達為曾設想便心寒

遻錢

飢棲無擇枝留滯釐捐局脅童課錙銖管鑰命吾屬借
問近何事阿堵伴食窩比貧兒暴富十萬塞破屋噤口
欲不言銅臭名已俗起來呼錢神汝今亦識僕雖無用
汝權生平此眼福不留耐久交計短真碌〻閒汝有古
香往〻土花蝕昔賢於多藏罔諱癖之酷我試遻奇尤

聊當訂譜録脱貫聲琅然文字燦盈掬大都周秦間惟
餘半兩獨由漢迄六朝五銖畧可讀如瀑通者流亦莫
辨誰孰新莽所創鑄萬一復謀目圓皆巨手篆倉籀筆
匙曲要是尋常物見重等蒿穀豈無品上上寶貴數珠
玉（謂如銖々五々二銖四銖之属）何人期瓦全輿劍埋在獄日久蚨血
枯氣斂膏漢燭抑聚於所好已韞誰家積鐘鼎方追遺
更不可販鬻我姑登下幣藉塞鄙人欲其次唐庫蝶隸
若漢刻木月子孿其陰或著地洛蜀十分完好者鏡光
尚新沐況閒中醫方折骨每能續積之多益善蒯緱漸
騈東當年張籒文想見聲價足否則李杜仙曾買酒十

圭

斛宋錢遺最夥十可得五六四體何紛繁鋒稜妙伸縮
金元錢頗希享國本較促摩抄偶有得楷必歐虞肅金元錢有用其國書者今尚可得其範較大不在日用常行錢中故器之獨怪前明時一統擴
皇籙今裁數百載天胡奪之速中間七紀元竟乏一錢
贖惠宗之建文仁宗之洪熙英宗之正統天順景帝之景泰憲宗之成化武宗之正德錢俱無一見者建文景泰正德骨董家或僞之然皆贗作無真品也縱云銷燬易駔儈手常壽詎無
漏網魚乃似覆蕉鹿其餘諸帝號圜相見粗熟質皆輕
且薄書尤拙而禿一代制作疎於斯即可卜蓋自宋以
來取一汰其複至若環海外夷醜越舊服以及草竊徒
僞號日妄逐各有鑪炭工煮字酬菽粟勿庸論點畫都

自堅好肉押借濁流未盡投大是良金辱我亦披揀之朧
列鼎菇族凡諸刼後友倶我纏膝蓄敢謂驥空羣翻憐
巖滿腹纍纍此晨星尊閱人歌哭自今看吾囊瞀洗客
顏惡寶山不空回債臺欲鑱築素學姹女數指爪徧青
綠愁城頭屢低春寒手恐瘃將無窮鬼謿雙眉暗中蹙
差辛官家錢書生貸泝黷門前賓朋來未用身障簏

欲起

欲起仍眠戀宿酲禁煙時節易天明還家亂夢鐘催斷
隔夜殘詩雨補成桃李此鄉應笑客江湖何日且休兵
餘生又伴青春老願聽鵑啼不聽鶯

客味

一花今未見已過尾春時客味寂如此日來愁可知靜
聞流水語閒識遠山眉何處容消酒黃昏雨最宜

送陸子岷鍾江入都就縣令銓

五年師友至親如縱值離羣意肎疎夢裏江湖同識路
病餘晨夕必傳書豈惟性命關文字常為窮愁慮起居
此後相思應更甚不無消息滯鴻魚
為想前途叱馭身從今名姓在黃麼古之循吏相期久
家是清門不厭貧此日榛蕪憐滿地他時麐鳳望斯人
書生一事宜珍重衣狗羣情辨要真

我已中年朽蠹甘婆娑衰柳在江潭窮常送鬼渾無賴
拙到為傭亦不堪乞食人如遲老死種花地願近東南
脱鞾借箸非吾分尚欲書城一縱談

問字

愧有虛名在諸君問字來可知腹中卷都化劫餘灰何
以酬雅意未容辭不才欲言慙杜撰舊學費疑猜

聞賊陷全椒感賦二首

此鄉真瘠壤無意賊哀憐我尚欲杖寄今終難免全更
無買山地安得洗兵年家　國平生淚臨江一黯然
甥舅半垂老新交半友朋昔之受恩處酬報久無能生

去

死知何苦吾書得未曾呈惟吾意苦兒女恨填膺

蓮蓬人示荀子岷

辭根謝梗水流東人面何須刻太工與汝餘生共垂白
憑誰得意自依紅當年詩句名初日到此衣塵拜下風
身世萍蓬原不恨未應相見一房中

細腰宜舞額宜顰淺淡衣妝出水新獨抱苦心
常垂青眼只伊人無聲別有銷魂處花落仍餘解語身
曾是涉江親采過淩波消息問難真

苦熱

檐短軒尤敞全收暑一樓有風宵不寐未日曉先愁膚

剎頻驚蜨言徐欲喘牛近今何畏𢙢項背汗交流

錢塘史綴秋致英屬作佐東瓊釐捐局序久而未

報於其將歸一夕走筆成之附呈一絕句

此是君家急就章筆頭敢諱十年荒畧觀大意憑公等

中有征人淚萬行

登樓

薄暮登樓處北風寒已深邨儺童唱苦野祭佛燈沈凡

地中發[去]秋氣何人知客心閒愁儘無益倚醉又長吟

秋夜

天色如愁人不雨恒秋暝夜〻人眠時月又來窺檽頗

六

思一起舞重倒濁酒瓶索恬秋氣涼商聲盈空庭何時
樹無風秋即不可聽豈必今夜寒獨損楓梧青只覺吾
意中萬木都彫零縱乞來朝晴不似春暉雲感此枕屢
警淚眼終宵醒一光欲辭燈淡若初昏星孤蟲果助余
沈吟當竹屏

歸舟

路已到家近溪宵未泊舟暗風依病葉斜月趁眠鷗艕
重潮初上燈稀市半收一蟲蘋蓼外自訴大江秋

還家

還家翻似客兒女一時喧亂閣囊嘗礙新支榻不溫縫

裳促冬線翦燭懸宵尊雙目聽江雨征帆又在門

別後寄内

家為逆旅身為客歸太艱難別太忙兒女憑卿好調理
琴書遺我愈悲涼畏人常作廟中鼠寄地如看塞上羊
何日漁樵忘世慮葛巾菅帶話殘陽

伍相吹簫圖

窮途齷齪事如此豈似勛名屬縉紳誰信簫聲滿吳市
相公以外少傳人

長夜

長夜空遲睡寒天要薄醒況兼風雨苦繞樹戰秋聲樽

之

酒貪書味吹燈雞一鳴客愁方欲起鄉夢已先成

九日

難得秋還霽何曾節不佳客蹤閒蕭寺黄葉只盈階無
可看山處看花約更乖淚從詩句畜憂待酒杯埋

題丹徒張耕農詒詩稿

杜陵秋病半吟魔清福輸君得最多如此鳳鸞漂泊日
一家詩句共消磨
滿目干戈近十年從軍羞著腐儒鞭酒悲賸有平生淚
一讀君詩一黯然
敢信人窮詩卷富由來詩亦有窮鄉年時綵筆荒蕪甚

同病相憐乞食忙余久不言詩今讀君集亦自去年九月後作詩甚少蓋謀生計拙則心計亦靡靡也

感事效演雅體

果是師材黍亦宜看來驢技了無奇避螳有路終非計摧殘於今要及時猴已得冠防狗癩蟹方擁劍狎龍癡將鳩病鶻何恩怨所望鷹鸇一護持

不寐

秋盡蟲酸夜更遙異鄉霜鬢醒無聊青燈影與詩酬答黄葉聲兼夢動搖野水天陰孤雁餓破樓人病大風驕為貪薄醉纔敧枕不到愁消酒已消

十八

花影長圓圖爲東季符悼亡題

爲 作也屬

我聞天上花一開三千年雲霞擁護之花身即神仙如何種下界壽命乃不堅春風吹未終飄零東君前將無優鉢曇一現留因緣老佛作狡獪香色無真詮抑由塵網中愁苦恒無邊托根本空山不似藍田煙晴雨與寒溫幻境皆憂煎庭蘭仗慈陰生意了不全時鳥多悲哀同病尤相憐坐此相中傷埋玉成長眠遂令偶花人舊夢纏且牽含情命畫工欲奪造物權開時花如何彷彿生平妍所惜花落時餘恨難爲傳可知解語非寸寸芳魂焉謂是花之影影在花棄捐舉酒欲酹花未飲先㿜

然豈聞鴻都客扶花出黄泉但餘人間血滴地生杜鵑
彩雲不常鮮明月不常圓瑤臺花又紅引君歡喜天余作詩時元相已續来之矣故調之

己未花朝由東壩之蘇州

絳夜春陰攪月明花朝喜放十分晴樹痕未緑有生意
風力尚寒非惡聲客夢乍隨啼鳥醒征帆盡對好山行

近來酒興頗唐甚孤負汪倫送我情有人饋酒一甕未及飲載之而行

飲無錫惠山酒肆

勞〻在歧路家近不成歸獨客春愁有中年酒力非泉
聲鳴宿雨花影古斜暉亦自閑行坐翻憐倦鳥飛

夜泊焦山口

江雲如秋跡於紗有意無意籠月華夜潮明明向西去
此時應到吾舊家舊家城郭不可見杯酒且酹鮫人槎
眼前榴萼自火發未是可意初春花

東壩三官廟神籤詞一百首有序

籤詞者今諸神廟中皆有之削竹如箸納筩中
自一至百甲乙相次占者禮神畢擧其筩搖之
視所躍出者以驗諸詞詞亦百首憑虛而語襍
指萬象大氐意歸風戒而吉凶寓焉猶古繇詞
易爻詞之遺制其卜儀似太簡畧然字句之間

或往往有奇中此不知起於何時古有所謂筭
者有所謂筶者未始非籤之權輿雖事近巫禨
而由來已久余佐東壩釐捐局假館於三官廟
三官神者上元天官中元地官下元水官語出
道書其神籤詞夙著靈異此鄉士女不遠數十
里載楮帛以問於神者日踵相繼也惜舊詞多
鄙俚不可讀廟主永道士以改撰請余於晨夕
之暇試仿為之老生常談恐不足代九天之咳
唾耳

善與福期惡與禍遘如水流溼如火就燥吉星凶星人

二十

心為瞿豈有蒼天聞人而報
親結而緣絕未華而未發物無兩盈其理甚明人不知
足徒營營而無補
負賕于人事非得已第可不干寓自重耳苟習於貪或
敗於修此而干人謂不知恥
象腹十圍鼠來傷之鼠之未來以足防之厥性柔疑不
能殺鼠遂終其身畏鼠如虎
魑魅魍魎竊天威靈素女吁天忽逢雷霆天之所廢即
予極刑不似呂范乃多調停
桔槔戽水日盈缽何江海不加損而溉田實多豐財而

家畜者胡鍇錄之太苛

年少氣盛使行荊棘屢躓屢蹶倚名斯立蓄監覆舟者

斯闇瀑而變色懲長蛇者斯見綆而股栗

風沙煮鹽佛狄作酒千秋萬歲得利斯厚國有厚利人

無長年元氣之耗此為最先

車不駕則軸濡舟不汎則艫蠹馬不馳則足攣牛不耕

則背卷故民生可勞而不可逸博弈之賢賢於飽食

君子道消小人道長苟有片長必受上賞若歲大飢得

米一車雖太倉之紅腐而貴等於玭珠

高山流水牛甯知音試鼓蚊蝱牛亦沈吟故卑無高論

主

進言者毋自封其心
地獄有無姑置勿爭諸儒闢佛何偽何誠孰鳴公憤孔
思罔情孰挾私見竊傳道名區區之心試課旦明
夷食跖粟不污清名跖居夷室寧滿惡聲故士貴樹立
而物無粉飾
肉食者鄙此戲言耳縱其藜藿不聞遠畧如夷吾如僑
曷慳乎百牢
或云冠小通髮風動或云菌毒如廁腹痛或云婦病丙
夜來夢或云室鬼琴弦誰弄
鳳不司晨麐不守夜匪名之重而德之化雖在郊藪用

無假借甯鳳与麐自為聲價
天龍聖指師子墮地不二法門絕大智慧了無語言靜
得三昧惟野狐禪一佛出世
叅且多子椿尚大年革猶組綬豹亦連錢天不愫福於
此信焉
隄能障水水亦沒之木能出火火即爇之故韓非繫於
說難商鞅斃於車裂
九萬里地曾行幾里何物地師縱談風水何為笏山何
為執山知其地者不尚語言
以蝎螫蛇以蝟刺虎蝎則何仇蝟則何怨蛇虎之虐不

復畏天敵不在大天之微權

雞寒上樹鴨寒下水何補於寒解謝而已臨邛酒具淮

陰釣竿於意云何作如是觀

蘧篨戚施非不欲醫醫求全功藥無此奇得半而止不

如病時

長松僵地自貶其陰甯有喬櫟暍者傾心

雷火在室呼兒誦佛而後居門匿人遺物

鸚鵡生而言鸜鵒學而言鳳凰能不言而眾羽息喧

得贋物則怒受誑語則詛試訟諸身所以與人曾辯何

真

雖雀与蛇恩在必酬環非楊公珠歸隨侯傷之者誰豈
無人未聞蛇雀尋其讐
溺於酒乃病於食冒於財乃戕於色雖所罰或非其辜
而氣之致敗則必
酷則不貪狂則不佞懦則不驕侈則不吝今之人或兼
之此為天分此為學問
夜聞老梟惡其在我朝見鄰喪孝其當既論事則无過
用心則已左
無鹽夷光一時同溺我手援之孰者先出人禽之心間
不容髮

菢雞得狗種瓜得豆豈不怪哉謂關休咎至於人情雨
雲翻覆胡習以為常而顏之孔厚
大廈之傾寧無一瓦之尚全而不得謂埏埴之獨堅秋
田之熟寧無一禾之先落而不得謂雨露之獨薄
土殖百穀其土漸瘠穀有棄灰乃助土力天之生氣一
本為先晉逐公族自鑿其天
大言不慙用則僨事君子誅心罪在兒戲亦有至誠才
不副志以身殉言惜哉輕試
惡人倡善必營所私或者好名不宜苟訾亟口稱道以
贊成之改行在此事未可知

拜神則知畏觀劇則知愧讀律則知悔而聞諫則恚者
此之謂不可化誨
行失常度必有非故素衣易緇犬吠楊布
嗔魚乘風怒不可當因怒禽之易於縶羊嗟哉陽子乃
壹於剛
猛虎在山芝柄不采淵有雪珠網罟鰕蟹既福之樺有
不可解
罇鐘淫鼓雎聲若瘖雖享爰居遼居瞋心譬如大夫生
無意氣豈有神鼇而食斯餌
荊榛蔽山下有穉蘭或斬荊榛蘭不得言託根非偶孰

一畐

鳴其冤
牛溲馬通名曰糞穢狗寶羊哀病之痞塊以物養人當
用則貴人為物靈所貴安在
多爭与好勝凫欒自相尋事雖在他人旁觀生競心螳
螂方捕蟬殺聲已入琴
鴉鳴則歛齒鵲鳴則色喜豈必逢吉凶婦人小見耳由
來王与公好諛亦如此
蠅蚋之賊人無加於蚤蝨取憎胡較多其聲不肎默
水母得蝦助浪迹徧江海一朝值網羅蝦先失所在所
依本匪親九死徒自悔況無同歸理蝦方謂無罪

黄金在沙中愛金斯愛沙金屑既已盡揚沙天之涯何
況餅虎蹊當時一爪牙
乞人謝嗟緘善惡心則然戰國風斯古今人更可憐
西施沼吴人功成逐江水越王真寡恩何必文種死
不疑誠長者見誣不自明買金償其人將無太過情幸
有還金者一旦彰生平不則長貧時終蒙胠篋名
息嬀初不言生兒自交慶一言乃停蔡再言乃焚鄭達
矣劉伯倫婦言不可聽
卞和抱璞泣國有受跀理明〻連城璧知者尚無幾何
況璞未剖誰信此玉美不見鸞鳳者本來一彩雉

翟公失廷尉門外可張羅到門猶有雀情比舊交多
徒有新亭泣諸公誶楚囚夷吾無淚着何以策神州
雖儲智一囊有時窘於用百戰劉寄奴海邊受人糉
唾面自拭之可以教忍矣袖手待自乾雌守胡至此亢
類至於盡不復知廉恥婁公非其人一時過論耳
君子之發聲常如三日婦嚬笑必小心斯非乳臭口君
子之舉步常如階下囚畫地可為牢斯不近下流
虎狼之噬人所志在得食狗馬之齕人或苦束縛急蠭
蠆之螫人於己何損蓋有時遭辣手撲殺一瞬息天壤
此輩多可憎尤可惜

雪麗一千年智珠當胸羅乖龍陰妒之借火焚雪麗雪
麗既已焚智珠亦同碎乖龍何所得無言淌流睡
鼷鼠食牛角南郭乃免牲賤生殊貴免此理寔翁明
過水而漁魚魚知水亦知莫謂魚無語而云水可欺
珥貂來李下整冠不為警蹕決行瓜田納履群相嗤似
此人間世豈但嫌与疑
蒼蠅附天馬天馬自行空及其至千里蠅亦如追風蠅
豈不感德天馬忘其功若在羊与豕一步難為容
河鯉登龍門燒尾即成龍當未成龍時身在群魚中安
能物色之預識風雲蹤誰數奪標者賦詩鳴禍衷

三六

君子無苟同豈作諛人詞魚鯁期有濟蛙鬧當奚為成
事故不說成物亦不訾
大樹干雲霄蚍蜉苦相侵至竟蚍蜉勞何損大樹陰嘵
嘵辯譊者猶有違之心
桐百年不花竹千歲不實鳳泊而鸞飄有時棲枳棘腐
鼠終非甘不受鵷雛嚇
蜜蜂采花急蜣螂抱糞忙一般辛苦意彼此不商量
桂樹性太剛百草不同植桂蠹食其心香多還自賊不
如松與柏蓬蒿同一色
蠼螋善溺影射工恆含沙此物求免難厥性生於邪但

期中傷時我無他玼瑕狐疑亦非計別有杯中蛇
淫行從未滅為其敬蘧瑗南子識車聲事入列女傳能
雪死父讐生王亦可歎如姬盜兵符名在百孝詩
夏蟲不可語冰蓼蟲不知有甘省卻許多煩惱了然生
滅何愁
客燕將歸扇已捐驚寒人立曉風前世情已是多輕薄
一種秋雲又上天
黄金買骨事何如逐電追風願已虛要作人間孫伯樂
不如留意到鹽車
漢武求僊三十年望斷神山不可至海人乃有上天槎

親見黄姑飲牛事
落〻天涯此賞音雙柑斗酒日追尋倘言俗耳煩針砭
未必黄鸝有此心
魏吴猶是漢家臣司馬先清蜀道塵西晉名山東晉水
兩回都讓姓劉人
夢中談笑醉中吟都是平生一片心此外欲知方寸事
有人真值萬黄金
千紅萬紫在春城多少閒花不問名今日秋容荒畧甚
瘦蘋疏蓼也關情
不解黄姑織女星一水銀河終古隔十萬天錢能築何

賣錦至今償不得
慶卿便刺祖龍死未必能亡無道秦天遣六王終北面
一時將相盡無人
辛不分羹賜漢王上皇伏鼎自悲涼新豐父老嬉遊日
猶有驚魂泣數行
景畧不事晉天子世論或以卧龍比若使孫曹顧草廬
南陽之耕必不起
天上真龍是神物葉公堂上底相逢也知此地非真賞
舉世無人更好龍
黎邱之鬼有人技阮瞻不敢論無鬼捉來利在生咲之

天

安得萬千鍾進士
朝陽東上夕西下向日葵花面面隨獨背低頭向明月
淩花心事少人知
鳩拙自隨晴雨過髡頭靈鵲枉知來憑君分盡天孫巧
不及吴儂學賣獃
花前夜夜月留賓今夜東風寂寞春任是朱門好池館
落花時節總無人
豬嘴闌前舌似風殺禪只在笑談中從來明鏡無恩怨
看盡諸君面不同
柳是黃金苔是錢送窮人值早春天回看枯木寒鴉景

算得繁華到眼前

杏花開後急春耕多少鶯啼燕語聲說與吳農渾不解
獨聞布穀暗心驚

芙蓉薄命自家傷休怨紅樓錦繡妝不是為他人作嫁
金針閒殺好鴛鴦

世言古物我無有我聞極北有雪山此山貽地一尺雪
應是盤古元年寒

自有陰成果熟時東風不遣落花知落花抱盡傷心去
只恨東風再到遲

東風九十半殘寒花是開難落不難人病人愁為春色

不如秋夢得平安

霜上雲楓斥錦片雪穿修竹作珠聲蕭蕭一夜落黄葉
惟有金風不世情

明月無心自圓缺人生何事著悲歡勸君閑起悲歡事
圓月都當（借平）缺月看

刹隊天下名山土壤盡人間東向流世路全無不平處
人心得有此時不

將之杭州應江南鄉試臨發口號（己未萬壽恩科當事者請借浙闈僑試江南士子得旨允行）

千里江湖去路長菊花香裏促行裝餘生自問蠶絲盡

入市誰聞駿骨昂只恐無言對師友敢期有命注文章
白頭商婦今如許又為槐柯一夢忙

別後寄張耕農四首

容易逢知己論交白首初曲原人和寡情豈市交如何
意遣飛語於今感索居所欣肝膽在膠漆肯中疎
我豈能無過吟魔又酒魔客裏湖海重世態雨雲多攣
翬能言鴨平生瘇背駝時宜渾不合柰此肚皮何
君亦曉曉者須防有缺時羣言方集矢一子易輸棋努
力酬初願同心更有誰鹽車況歧路良驥可勝悲
阮籍停車日唐衢慟哭年槐忙天已雪秋賦我無田心

三十

事寒蟬外音書落雁邊石交今鮑叔難諱口言錢

題長洲宋蔚卿廣文先生澄江話舊圖四首

昔與二三子偕遊鄒魯門皇惟商舊學常覺感深恩問字春燒燭論文夕命尊蓼莪詩廢後經帳尚餘溫先生前為江寧學師歲己酉以憂去職

何意遭離亂干戈捲地來最憐吾黨士都是燼餘灰举輩傭猶活無家別可哀遥聞杜陵廈迎擴徑頻開時避地蘇城者先生皆加意接之

香火因緣在春風如有私江東諸弟子重與主持之時尚馳兵檄人難聚講帷 聖恩許儒試杖履幸追随先生

再補江甯縣學未履任今選諸生應試杭州

長者情親甚重招舊屐裙觀潮向東海指日話青雲先生別有觀潮圖為吾黨勗也所愧才名老難詶望眼殷惟憑新菊釀常誦百年芬今年重陽日為先生六十壽

題孫澄之文川詩卷

六年不見澄之子亂後詩篇更老成我亦江東至狂者只今才盡可憐生

吴江道中

半老蓤花半醉楓湖山真比畫圖工那堪到處逢煙雨十日吴船似夢中

廿

送史秋舫寶情之粵東兼示子岷

與君小別經三載乍見各驚塵面改一夕清尊萬里遊
君之此行南到海南海不在青天涯燕趙會有同飛時
所嗟變鬢易為老相思但願相逢早況君此行非得意
世味寒溫近來飽故鄉雖在今難歸歧路帆輪皆草〻
我亦失水如窮鱗江湖空闊依無人化龍不成意中事
方就浙江儒試簫聲知逐誰邊塵忍淚從君一揮手何年真結
桃源鄰余與秋舫屢有結鄰之約終不得果桃源幻境不可得家累尚非
息肩日平生意氣窮死灰彼此男兒須努力羅浮梅花
閑待君陸郎循聲方簫雲子岷為龍門令為余枯菀若垂訊憑

君一語通知聞

題澄之吴淞歸櫂圖

頗欲寄聲訊海濱甯久居西湖今一見君有思歸圖蓴鱸非所戀此意不欺余與覔停舟處桃源世有無

題楊樸庵長年補夢圖四首

五百年中臥榻寬等人醒後説悲歡羅浮太蘂邯鄲俗句引書生一睡難

梅花小閣枕微波似隔紅牆正按歌定是前生消受地再來還賸月明多

吟魂偷入大羅天親見洪厓散髮眠自是下方人不到

青霄畢竟有神僊

先生此境可尋無底費名山補畫圖好夢可憐都散失
獨留醒眼看榛蕪

西湖酒家題壁

老去名心盡後才敢將馬骨問燕臺此行不是欺人語
半為西湖買醉來

西湖雜詩六首

一桁殘陽五柳居只今宋嫂重羹魚銷金鍋裏無真味
獨有黃齏淡不如

去天尺五文瀾閣尚有平生未見書潤州江水揚州月

無復神僊飽蠹魚

安得軍聲似背嵬岳王墳上屢徘徊一鍔試學人磨洗
袖得青天霹靂回（相傳於岳墳前輒石上磨鍔佩之能辟邪）

拜罷于公墳側坐不須尋夢更句留科名第一非二想
我輩先從夢裏遊

欲澆杯酒意先酣蘇小墳前香一龕昨過吳閶門外水
落花無處吊黄三

至今人語應空山白鶴當時想往還身到林逋高臥處
吟魂已不似人間

杭州送子元李符歸丹陽二首

科名亦何貴，所爲客恒飢。文作青雲想，能無白首悲。文章無是處，或者淚乾時。努力望同學，何須我得之。

適日頗不健，中年方自傷。何知二三子，如我更頹唐。一切閒哀樂，窮途殊未央。相期重身命，此別太回腸。時二君皆病

西湖歸舟偶成

嚴城鼓角催歸急，湖上人家一宿難。初日芙蓉柳梢月，可憐都付阿誰看。

十二月十五夜無月漫成

雲意沈沈雨意新，燭邊無語酒邊顰。再圓也（已）是明年月

不解孀姊尚避人

六

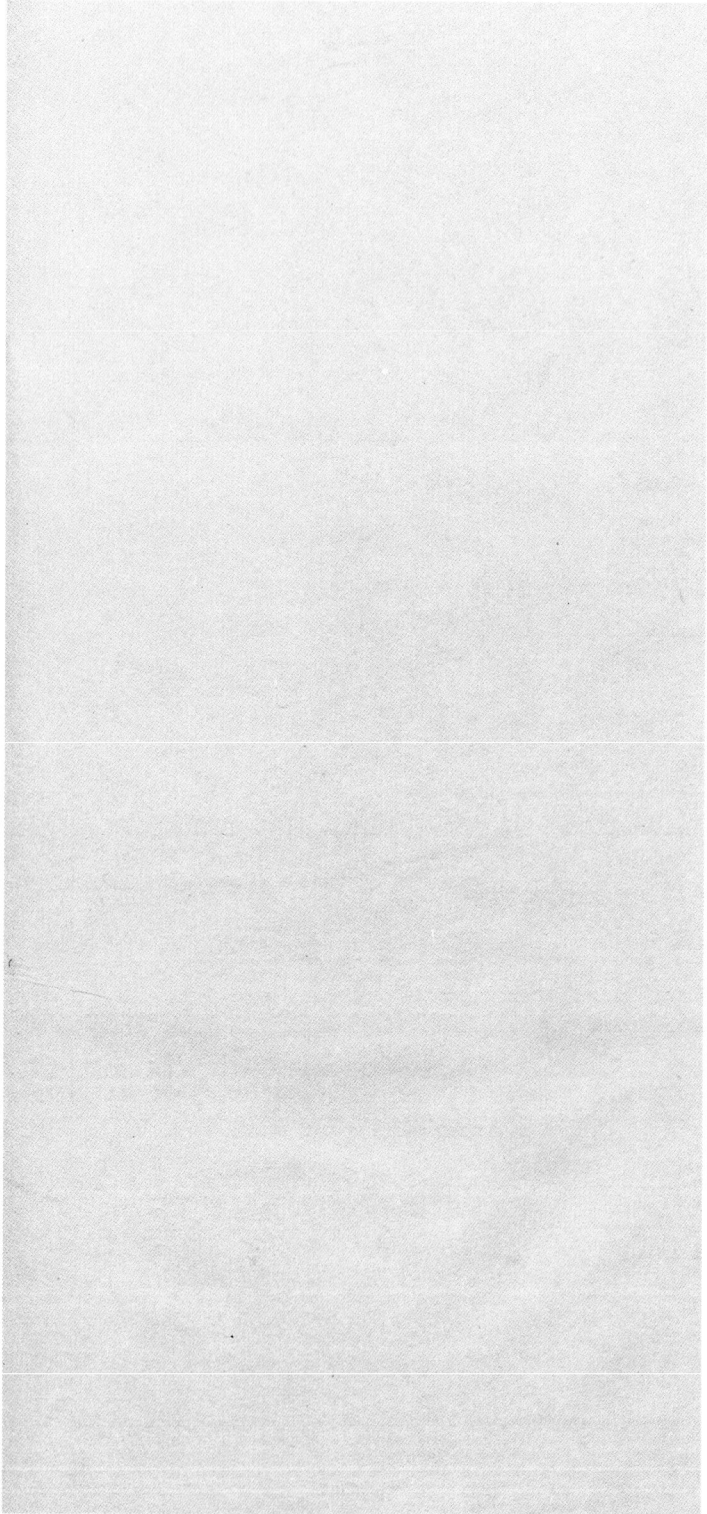

來雲閣詩卷六

南樓集

咸豐十年三月金陵大營再潰不數月而吳會城邑皆偏東南之戰於是守城余於是時盡室由江陰渡江一寓於靖江再寓於如皋又渡吳淞江取道滬上繼後航海至粵東止焉初佐陸子岷鍾江令於端廣二郡子岷新遷出遂佐長白鳳林安觀察潮州前後七八年間凡若簿書姻會之煩刑獄權算之瑣權埋溪燧之警殊儒責讓之援俱於幕府焉責之盛在知己而不敢辭矧日已晏而

而未食雞數鳴而後寢者蓋往往有為文章之事東
之高閣而已然就以其間見所及製為粵風粵雅二百
餘篇又先後懷人詩七十章草藁皆在篋皆未還擬將
丁卯兵燹之前數日家人輩以為皆廢牘也而拉雜
燒之非藏拙之義甚當而歌泣已渺不可追矣劉祖龍
之餘廬矣嚴修生遊遞以粵東為至遠復慮之所及
未可廢也其未至粵以前及在粵作詩敘錄錢以附有
存者輒後寫之為南樵集

將避兵之江北感賦

十年離亂久已似不知兵賊幾何今日吾行亦北征皇天

雪何意（閏三月十五日立夏大雨雪以風 鍾山大砲礮火皆及擊逆三濆）上將敗無名（張殿臣副帥死 軍係丹陽諸將無援苦戰失利竟死之）滿目皆餘燼連江一哭聲

渡江

柴門回首即天涯暮雨霏微去帳斜六郡鼓鼙號逆賊
十年書劍無傾家夜深雞聲連江火盡鵑悲滿地花
此岸即今行不得驚魂何處定風沙（江干無艇子弟假還賊無可攀行客 椎埋剽掠無地無之）

此鄉

何處桃源許問津此鄉草草寄吟身瞻魚有意不容物
著業無言常畏人行客漫勞談姓字窮途敢信仗交親

二

可憐忍盡唐衢淚留黄金錢串買鄰

殺運

殺運至此極天窮不厭好生有時能悔禍誰謂竟如醒可望
人心古天心想一年諸君倘厭亂方寸試重耕

小草

牆隈小草古名瑟瑟黄花入夏晴曾有何人問開落
雨恩風怨自平生

自嘲

觸熱頻干渴睡人煩嫌誰鼓止逢瞋平生除笑癡憎慣
頭白何知已鼓鞞

夜泊斜橋

小泊橫江日長至醉不行稻花秋影合蘆葉曉涼生風

在煙之力湖東月有聲鄰船齊在話鄉語獨分明

秋暮聞蟬

滿地秋心獨自悲一蟬遙在最高枝與君差勝歸飛燕

尚與愁人話片時

感事

千里勞聞競拔擢諸公麟閣有階梯大官青瑣垂貂

尾長鋏路黃金壓馬蹄儘許趨家天海闊相期報效與山齊

誰知士雅平生志止出南塘不聽雞

三

閒居八韵

嗟予艱難百慮生愧腐儒閒居乃吾分敢後泣窮途所
苦調飢甚耳豐未似珠吹簫濱人耻可叩一門無況與
娛分拙未能從釣屠平生識字誤樵蘇此江湖豈無諸
同學全多寄氣麤婁學結寄識才笑僕非夫

客味

荒江秋盡雨風頻遊酒旅酸客味辛婦毀奔衿憂無乳
兒啼梨栗識家貧今年多病寒偏早盡夜常醒老漸真
天遺餘生成醜四罰絶交書啟怨時人

不寐

油燈漸放月華明涼夕遲眠又自更涼眼電張憐鼠技壯
心灰涼怯難勝避寄生蟲於信錄爲命惜花甘醉酒不名
一事未全忘結習枕邊時有小詩成

弄猴

野性何緣似此馴惹人嚬笑怕人瞋自從賤入牢籠後
才信艱難一飽真

一貧

一貧今忽此人境涼於灰世乃圍多難合生光不才悲
秋詩亦懶病渴酒難開々欲開風月荒江夜々來

春夜

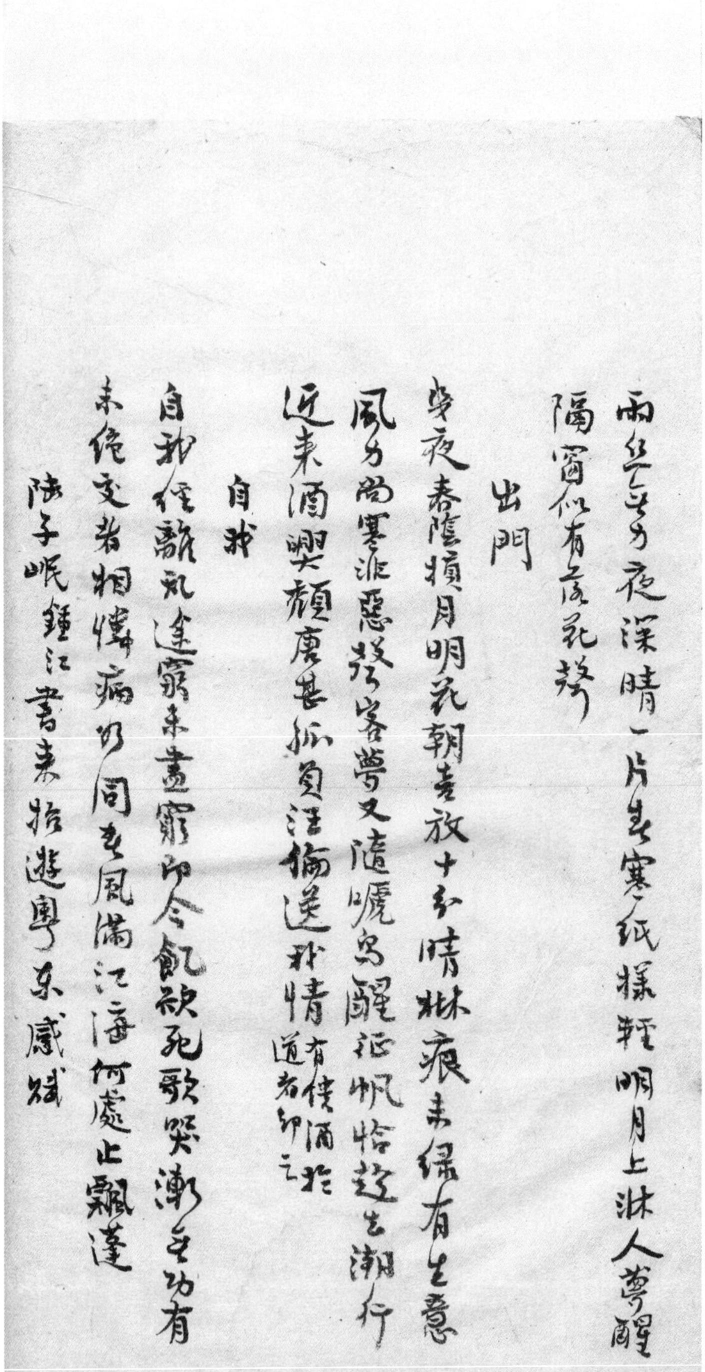

雨絲々方夜深晴一片春寒紙樣輕明月上林人夢醒
隔窗似有落花聲

出門

冬夜春陰損月明花朝未放十分晴柳痕未綠有生意
風力尚寒非惡發客夢又隨曉鳥醒征帆恰趁去潮行
近來酒興頗虔甚孤負注倫送我情（有使酒於道者卯之）

自我

自我經亂孔逢窮未盡窮卽今飢欲死歌哭漸無功有
未絕交者相憐病卽同舟風滿江海何處止飄蓬

陸子岷鍾江書來招遊粵東感賦

許我浮家去何辞萬里遊從來滄海水有意渡閒鷗止

自鸞裹杯交情未易酬尺書珍重語呼筆讀應遲

史秋槎寶田亦附書勸行即題其後

勸作南飛鵲深交骨肉看從今寄生死不但策飢寒燈下全家感天涯此語難年来雙眼淚今夕為君乾

贈嘉興張龍門以莊秀才

湖海聞名久相逢今路岐有家同梗泛無淚為花垂竟不窮愁死都非少壯時飢鷗勿自飽心了鬢毛知

与孫徵之文明話別揚州

塵土飄零久勞勞共此生艱難得歡聚亂見交情春

廿

色自桃柳此鄉無燕鶯南枝今有夢明日别君行

夜發泰州

布帆風飽夕陽遲月裏長年賭櫂歌秋靄人家收稻早
夜深(涼)郵舍上燈多還家有淚爲行色對此茫茫爲病魔
正在吟魂凄絶處一聲妖鳥過星河

贈如皋劉生二首

十年亂後訪戴此重來路指桃源入門迎竹里開相
逢鶯語驚如舊命深杯盡夕攀情話晨雞駐未回
知君有真樂高臥白雲鄉蔡春蕙稅服爲縫稚子裳良山
徒舊學往了覓賢方我愧勞薪甚歸帆又夕陽

如皋遇陳月舟鐙上 會田晉 卽以贈別

如我長貧賤生來毛羽單中年更發手喪亂無地避飢寒

君以多材重時方熱眼看何期生意盡晨夕大艱難

若爲解排看原難責報深但論大位置亦免太寒心斗

水留餘潤能償淚滿襟誰憐涸轍手曾散萬黃金

豈爲栽生懶臣兒辭更雄鬼神怒吞噬四科以兩奇窮無

是酒徒病他無愧可攻腰纏十萬貫何事福諸公

到處歸何處羈無續命湯懸貧還看日甚妻子劇悲涼一

飽憑孤注相期萬里長 [illegible] 壯心如此盡

歸來商量

六

秋柳

昨夕金風戰綠楊，柔柔病葉已金黃。憐渠未到飄零甚，猶爲旁人慘夕陽。

將之粵東留別江南諸友

江南殘郡尚千里，我豈絕無盈尺階。年來乞食牛馬走，輕腳躡碎雙芒鞋。故人笑送達戶外，破刺不敢輕出懷。平生雖有縞紵雅，高門豈（詎）納枯形骸。固由世亂生計薄，一錢流潤及江淮。諸君心學亦銳逸，盍平往往初念乖。豈無二三交耐久，大氐貪錢吾之儕。風雨尚頻通問訊，但言欲境無一佳。其中不才我尤甚，眼昏淚熱誰爲揩。

四顧茫茫剩長策方寸一籤當風鏇儻竟忍死作株守
六尺靜睡天安排李我非世太齟齬天欲福我先根荄
從今學論自今日廿以冠劍爲裙釵餙眉祿逸方萬輩
只恐舞袖邯鄲差（借押）何論腐儒習氣重顏面未免留[illegible]痕
屢狂名偶出入人耳怪物所至譏訶皆以行何處得轉
計乃朋好夢來青槐徒馴野性同鍛鶴孤懸客氣時怨
蛙十日九飯常不飽妻子瘦削成層財老夫壯心沉灰
死更苦秋病痔癘疾迎春龍鍾骨一束犂兒婀笑輕優
俳儡江烽燧況屢驚吟魂終恐鷺沙埋忽從天外落奇
想寄將遠至南海涯陸郎官好儻懷我此君先道追黄

七

蝸果此命非棲碍往食指並許全家偕壁諸九死奉敬
紙字之外䟽鸞鳳皆亦知萬里道奇險身命本來離寄
蝸西人之舟發以火破浪是勝樓與鐘此行孤注仗一擲
故鄉難戀好逃離所惜良友分道燕何時更叩花前紫
臨歧莫倫一瓶酒蘇晉久已真長齋以後相思累累句
海鼇追忙殺傳詩牌蛤蜊那非知味者風情窗向珠江
娃或如嵇含草木狀別寄一卷書齋譜

守風海門之圩角港

吾命飢驅老今為萬里行十年鄉國夢一夜海潮聲亂
世人風駭處身客路生阻厄尤真惡劇秋冷更無情

此首應在守風之前

吴淞訪友。秋雨吴江訪相知，白楊新冢已累累，九泉插脚應安穩，不似人間有亂離。

舟中見燐有作

江湖滿地髏千古處，青燐照綠茁莊。不信夜臺如許大，

十年新鬼比人多。

由吴淞江易舟渡黄歇浦至上海

六年前飲吴江水，重與妻兒到此鄉。全局江南餘片土，

半家海市破天荒。儒償右尉珊三尺，豪氣東方粟一囊。

同志豪華四公子，春申君本最尋常。

上海晤徐生談近事感而有作

漫憑如願夢封侯，徐福今歸海上舟。風月層樓花管束，

千古蟻穴有恩讎。銀河水色深紅淚，珠樹花枝亦白頭。

我已年来愁萬斛，不堪此夕爲伊愁。

尋向廣州除夕（到廣州口號　時辭酉臘月由上海航海至粵○劫火江湖徧，桃源何處鄰。此行方奪命，吾輩獨羨炙飯稻，弥天肆衣棉閱歲。新晨論溫飽，來今作嶺南人。　時上海又是淪陷矣）

金尊孤負荔枝香，對酒先銷淚萬行。佳節底干孤客
事，逢人偏每道勝常。

壬戌清明作

夢逐揚州舊鶴群（去年清明余在揚州），孤飛燈影斷知聞。紙窗
過雨猶經塵榻，乞飛藥自熏。春盡我逢垂死病，
海濱誰買送窮文。旅巢不及播聞甚，多謝唐君義
薄雲（時余遘病臥逆旅中，同鄉人無過問者，惟許文、香山唐君應星獨一臨視，且饋藥，實可感也）。

余既至粵，法子帆方任高明，高明客民与土民鬥，七

年王罷子峨從軍江上余未遽赴而家屬与余
先後抵上海為（亦）久久未至不得不廢（留）會城待之窮
病獨居人境愴絕四首

等閒鳩鵲忘喧爭上幕居然不解兵且莫事從公是斷
大都人視　國威輕鑾州每苦逃多亂覓令方欣鐵有
聲朴愧鉛刀鋒鈍絕避囂酣睡在孤城
帆檣日日氣如林底我移家直到今望負交情惜窮老
計孫隆之居上海久余以家人附西人舟事託之越百餘日未到祗疑魂夢欲東（東）尋飄
異兵火連天遠壺嶠風波兩地深博得身經滄海
者應憐擾盡一生心

九

百花红桃滿城春萬里青天半現身海上釣鰲隨處有路
門前題鳳更無人淚多醫不名何病全盡奴先變上寰
偶一舉頭閑睡眼山雲流似我眉彎
鬚眉羞向鏡中看想見年時相更寒客氣盡銷生事
少壯心太差去時解人難問名此敢稱雞肋求食常防遇馬
肝學賣癡獃似矣下眾中都作十分歡

病甚不寐鄰寓楚客數輩夜有戲為挽歌者哀
苦動人懷然成詠

客哉歌萬里悲風生一庭茫茫九泉鬼出淚為誰零月
夕想殘醉人生感化萍何知此夫病獨對短燈檠

近況

近況不可說總總而非路窮貪海遠身老耽春佛多

病憶家切長以貧入市稀從來包容過不用擇松扉

四月十一日家屬到粵二首

一家來喜甚乍見淚如潮隔歲別非久天涯魂屢滴居

闔寵氣惡行憲海風驕今夕苦燈火餘生止倖邀

我病好將息頹唐不至好止今身未健何事汝來遲捕

藥衣誰洗刷[illegible]蛙蠶自炊此時憶家苦白髮暗中知

書室依人慣艱難到此行此行今已定所賴古交情我

豈有他望天寓不厭兵何當生計遂歸買故山耕

十

史秋舲自佛山來會城見訪即送歸楚兼呈長沙

楊蓬海恩壽明經三首

意外逢君一說愁，銜杯難禁淚交流。八千里外病垂死，
十二年來兵未休。亂世詞人原腐鼠，全家滄海伴飢鷗。
生平鐵骨歸何用，天遣勞薪早白頭。

鎩鸞久我愧塵土，市駿朋君振大名。吏隱可從為屈宋，
家聲相望在蓬瀛。頻年歌哭雖同調，歷劫文章更老成。
滿目青雲前路是，他時戴笠見交情。

一枕潮聲又別離，明朝峽荔各相思。亦知天許夢中見，
未免人添去後悲。努力秋風慰慈母，傷心冬氣入吾詩。

此行歸再過楊夫子爲道江滄才畫時君自楚來粵時曾遇海明經同余入粵

極致假慕之
言余甚愧之

廣州城野望

萬里天涯古越裳雲容莽莽日荒荒朱家王霸皆孤注
未靖河山每後亡海外有田三稻熟春前無雪百花香
我來不爲歸裝富回首煙塵滿故鄉

高明道中

萬頃新秧一簇齊鱗鱗綠水養紅泥此中多少冤禽血
芳草無言落日低時土客相鬭之兵退不論月

漫成

十二

敢言筆札似君卿若海文章得失輕一事南來差可
喜漸無人説舊才名

縣齋坐雨

一夜雨來止居人歡若雷海濱衆事早此雨反時来尺土
我無有從誰笑口開料應江水闊明日打舟回

珠江夜歸

船前船後榕花飛墮打潮潮滿衣十五盈盈柳條女
夜深風露送人歸粵人呼雲鬟女郎曰柳條仔

去年云赴粵東也遣嫁祇女兩行今年閏八月因
事暫歸江南留祇女家數日後將還粵言

别四首

昔之与汝别不敢説帰期何意首重聚一年今未遲
路經海外險人疑去時衰對燭深深語歡顔豈敵悲
喜汝為新婦哭聲遍里閭家風習教殘顔色似當初汝
毋若憶汝亦如汝憶渠得余執問訊勝寄百回書
欲説不忍説我先知汝心心傳我中歲多病底相侵所望
加餐飯何時返舊林要看天位置答汝費沈吟
南還方甚急萬里海風催此見本意外我行姑勿哀但
期兵大息雲日一時開夢裏家山在寧知不再來
倚裝再别衹女

十二

歸鞍未冷又征鞍老淚如泉感百端勸悔此行多一見
今年別較去年難

閏八月十四夜棠明海口阻風。身自於荒亞渾忘異地秋
遙天一雁過涼信落孤舟天上幾明月故鄉今客遊
誰憐衰病骨万里逐閒鷗

過倚嫘柘居

前塵不可說今來且看山老餘詩筆健病放酒杯閒
花落憐何往池通潮又還花、兩心事一樣在人間

借舫坐月

借舫者高明盧氏園也時
儲子峨移歲試卷居此

香溫茶熟此清宵暫可消愁且共消蝶大於花多為橘蘭
酒濃如是椰瓢月華夜久壓人重衣氣春深闌路驕
止少舊時攜手伴最高樓上一枝簫

黃牡丹奉和珏如夫人

苕華入道早仙根　儼白俳紅各斷魂　歷歷別饒香色豔
綺羅同讓國未尊　應情霜園秋氣瘦　每認瑤臺夜月
昏　何似玉妃初病起　薄色梳洗倚宮門

題吳九帆湘詩集

廣州晤同鄉吳九帆湘明經出詩稿見示奉題

南來尤寂寂　獨客欲論文　況以傷心甚　頹唐已十分　与君
數晨夕　吾意以多欣　一片寒陵石　相看仍舊羣

和吳九帆冬柳四首

曾是長條踠地垂　歲寒消息斷聞知　冰霜浩劫延眉嫵
湖海新愁上鬢邊　憚噤本無真發葉　鴉棲當在舊樓枝
謝孃較我還癡甚　雪下討情尚為伊

十三

淺渚停杯話綠陰當時我最識卿深瘦腰學舞看當世
傲骨支撐直到今偶對征鞭惟淚眼盡隨樵斧慣甘心
染衣久已無情緒葛帔人誰覓賞音
記得江南長短亭笛聲常在別離聽況抛金縷那埋土
誰向冰天買種還未死秋心應更苦再來春色不堪青
風流如此成銷歇每見朱樓老淚零
移根我亦懺閒情陶令柴門插不成万里霜留癡馬迹
一身風膩病鶯聲南枝竟傍梅花熱小草重逢臘鼓
鳴回首江干同命樹獨貪寒趣愧餘生

花地舟次遇青溪樵人 河盦

此二首刊在第十九葉夔虎行之後饒歌之前

天涯誰顧曲眾裏自嫌身大海難為水孤花不算春鄉音吾獨喜客路汝尤貧話到傷心處埋頭又幾人

泊惠州

客艇山村泊收帆日漸斜潮回兩岸蛤風亂一天鴉近海常疑雨深秋尚見花羅浮山下路野趣幾人家

一庭

一庭風露夜初晴三兩寒花最有情絕似箇人春病起四人眉宇更分明

○潮和風五林觀察潮州民團報成閱伍元韻二首

舉旗萬家舞借箸一時籌好勇根天性從公急團仇

南

先烈寃魂膽眾志叶神謀我最驚鴦慣今都釋杞憂
我公羊酒犒兵政更嚴明日与弋常出湖因努不生此
軍嘗有歉彼賊況屢嘗試覷金鏡奏　恩綸下鳳城

謁黃老相公祠黃名安字定公別號石齋上元人明季諸生屢試不第去京師上書
何不遇歸隱佐湖陽令公君幕府崇禎甲申思宗殉國聞之同先生痛哭赴井死土人就井填土為
冢立金龍祀之稱黃老相公祠有禱輒應
舊家同倚胭脂井兒女悲歡徒遽從今來古井弔遺忠
泰山豈与鴻毛等遺忠若論黃先生力量獨步江東名
學書學劍兩無用鞭馬一聲天上行天上何人虛左待
威風無輝梟振宗買山還仗賣文錢了了萍蹤寄湖海

潮陽令君方南來先生雄心老未灰替人小試種花手
陽春所至聲如雷是時神州已多事急報京師狨大熾
小草猶懸奉日心冤禽銜下愚君淚先生痛哭討高皇
子孫乃以仁柔亡區區李闖亦毛賊竊今十載滔天狂
一戰尚能憑熱血欲刃仇讎手與鐵王侯綵筆已生降
日黑天昏對誰說吾儕若後惜此身每語百歲爲人
清流十尺自埋骨殉君何必君之臣先生入井二百載
井水猶枯井不改試開蝟土與招魂儻有遺書心史在
井水況有重來時味甘而信今可知男兒意氣若不重
我汲此水一一飲之

吉

甲子四月十七日玉林觀察招祀楊忠愍公告
於西園以坐客姓為韻分得馬字
男兒不逢辰隨地泣孫啞塵網懸趣多身後名乃假我
讀公年譜憂患中人也生平值初度受客賀必寡當朝
有巨奸千方傳百年罕逢官作兒孫舞綵萊華慶鞠跽
稱上壽罔惜折腰髁前席盈千金一開笑口啗苞苴物何
來膏髓竭天下誰公久震怒丟性命石苑一朝躡九閽
白簡獨為寫義憤太學陳痛哭力訇賣此奸君竟鋤薦
咸聖人撥斯民出更生童叟慶於舍借押宦但巨一人
窮祿遂加馬不辜帝聽充鋤金歃躍治賜杖毒巨躬肉

落毛髮揹圖圖待命久終以碧血灑臣之上書始肝
膈早傾瀉不與奸佞生且非畏死若一死雖鴻毛如火
燭目蒿過去三百年生氣彌天且苟有血性人孰不淚
盈把燕寢章與事倚閑課銷夏借押以公懸弧朔私祭
比於社知公偃食單櫻筍代脯鮓瓣共上干雲垂虹
燭婆炧敵陈短長吟當誦梵般若公魂倘可招來雨
極壞野抑公再生天慎爰命宮韡守愚易光壽當直
斯病癡罔書緒亥字頭白汗顏赭毋為孟陳屈騷
音附小雅

楊妃生日詩四首

六

連理
比翼雙飛誓後身漫從天寶說生辰三郎自有千秋
節不及今生共命人
為想驪宮倒玉尊年〻避暑有新恩一家生日無人管
冷落梅精一縷魂
自從南內淚痕多未必長思梅歌惟有羅衣揮手日
荔支應發馬嵬坡
是否花魂死尚癡五雲深處最相思不知鈿盒傳言後
再降人寰是幾時

大榕
不材君莫識樗散幾載都成合抱柯身近青雲〻枝

華大濃陰方護路人多

月夜夢重遊華架山歌

我昔初遊華架山重巖絶巘窮躋攀夕陽滿天下山去
山靈笑我真癡頑夢中來尋渴睡老汝昨看山愛山好
好山不向月中看誰識此山天下少我魂躍起歡相迎山靈
挈我隨之行騰地直上一千丈此山屹立如在不夜城
九閽咫尺通帝京四邊寂靜無人聲舉頭不見團團月
御息廣寒舊宮闕万戶千門無點塵珠斗銀漢共清絶
此時姮娥露真面雲錦衣裳飄虹電須臾放出大光明
融結此山成一片山耶月耶兩不知浩浩長空亙秋練

支

山靈語我此奇景除卻此山無處見此山南來第一真洞天今作窮奢湯沐縣繞縣徧種丹桂花靈根來自海市鮫人樓云是結璘使者手贈東風芽此山稚童漁女二皆以花為家花開花落一十二萬載古林今林不斷生橫斜偶然桂子月中墮當作瑤池靈々藥可白兔誰聞天上春

青鸞自寄山中果人生得入此山遊仙籙何事更向佺鏗光此山一草一木一猿一鶴俱是不凡品而況餐煙吸露々靈脩我心默々方然疑忽聞侍從傳語山靈知近來吳剛老病瘦其屬八万四千戶斤斧往々乘常儀一去蓬萊十日不復返閬女爛醉蒲桃新酒無醒時頃

間同遊下方客々洛々冰玉且俗姿吴剛修月不稱職今
後共以客代之山靈賀我信我頓首謝我有我志請畢
今夕話我々學儒僅々知謳詠我々學農僅々習
耕耨其他一切愚過移山公而況生平嬾同嵇叔夜
塵世不厭受羈勒天府何堪任驅駕幸為更乞恩外恩
曲恕草茅悖蠢且七寶樓臺非我事匠材別選寧無人
山靈對我長太息叱咤一聲如霹靂驚回素夢落湖海
依舊青燈閃蓬壁東窗指戲樽桑紅照見此山影
上芙蓉峰
殺虎行為吴山徐生作

六

虎能食人人畏虎人能殺虎虎不武虎乎虎乎汝何來
乃以我為東道主前郎一牛後郎豚萬〻同饕之時怒
怒而不殺我不能汝若再來我殺汝相虎來路當路心
掘為一阱似井深磨刀三尺鐵可入夜〻持刀阱前立
當虎十日來來時眾心疑虎能先知或勸罷休意甚許
虎若不來我不去明夜月黑雲般〻天昏野曠魚更闌
狂嘯之聲虎來矣人未假寐先驚起持刀覓虎學虎聲
虎怒落阱如山傾便從阱上窺阱下虎鬚戟張口箕哆
見人一躍與阱齊人刀直當虎面揮平明執虎虎不動
權之凡五百斤重從此歡聲遍里鄰宵深露坐情話親

一虎既殺百虎退，童稚之譚難犬馴，乃知世本之難事

人生勇怯分途，泰君不見香海，海濱殺虎見處虎不

食人今畏人

右第四葉和風閣作二首移於此前

○乙丑年十二月二十一日左恪靖伯誅髮逆偽康王

汪海洋於嘉應州城下，收復郡城，髮逆至是

始滅，鐃歌四首

上將威名古已洽，韓先登到處賊心寒，雄師十萬長圍日

早識窮魚漏網難

當時此賊騎趁湖湘，幸賊喜憐此如鄉（髮逆中粵東之人多於粵西，初自粵西竄出時，直走楚南，固謂其不擾粵東也）

何意江東潰圍出，一心來作嶺

光

南王

鼓棹閩嶠軍容墨楼櫓渾江戰血　此日程鄉遍

西浹亭霄捷閩甲南聯火清民露紅書應塘頭

萬星火　居果然降將是元功　是日汪逆單騎出森應城有降人丁某識之走報大帥帥命万

人隨丁所指合圍而擒聲之良久始瞻

溢弄潢池偶然誰令此賊勢滔天可憐拳大跳梁鼠

也歷　三朝十五年

和張壽荃餞觀察西園漫興五首

公自田間蓋今兄海上霖神功秀潤物佳興偶依林榕

花滿生趣蓬盧證道心此中忘世慮得意且高吟

幽禽逐人耳對語各忘機坐處憐花靜行時妒蘚肥閒

情風皺水結習雨黏衣醒眼寬真樂翻嫌惜夢非

名園誰卜築嘉植惜多疏公以陽春手來翻種樹書歲

寒三益補榛穢一時鋤他日清陰滿栽培力豈虛

吾黨三三子時從脫帽遊暮春此童冠韓水古風流落

價懸非駿餘生幸有鳩自憐秋氣重不敢賦登樓

君論公薛藤林[illegible]發意何欣海國多盤錯神君重溺

焚同仁急害馬斬亂亂惠慈雲指隱原餘事方宜績參勤

丁卯之春將歸金陵余今年五十矣作詩自訟兼

以留別四首

昔年鄉井苦干戈滄海長征弔尉佗有命全家為幸草

二十

不才平地涉驚波一身先去思歸久萬里南來得病多
到此男兒知世味干雲意氣劇銷磨
天許韓山放酒杯寒時年度遇春回執鞭方感羊公逝
擁篲重逢鮑叔來龍是畫中寧役物桐經爨後乃見才
訓知所愧初心負綵筆無花劍有苔
七年噉荔客仍餞何事空衰嶺外歸驥志尚存姑北望
梟音無改莫東飛孤懷違俗小投石結習累人花著衣
傾海不堪書罪狀吳儂何日始知非
孤注難憑退此行爐虎休仗惜才名高樓非敵於湖海
大廈今誰數匠平痛哭文章歸此境亂離身世信虛生

寄言青眼高歌者翁子餘年少宦情

拜鳳光祿祠告歸 三首

我初在門下碌碌了無奇何意古愚疾翻叨國士知恩形
骸縣處補過駐雖酬報稱未有一心惟不欺平生
此意氣湖海半瑕疵頭白窮荒外公兮一吐之
公才大於海島用豎儒為止以虛怖竹帶乃決持著悲
形骸縣處補過駐難酬報稱未有一心惟不欺
大星落地後晉道一蹊淚曲叨鍾期謝春催杜宇歸十
秋公竟往四海寥寥依峴首碑前拜傷心淚滿衣

鍾姬雲久瀛海舊家女也流寓郡城年十四矣

廿

女毋將嫁之兩姬忘在余遂挈之東歸書絶八首

為誰描畫一春愁好事如今咲蔗頭奪得胭脂山到手
書生真不讓封侯

白璧些微瑕衆鑠拌十名掃地筆頭乾千金三致尋常事
止有佳人再得難

三而韶華有錯過得褱解劍贖青蛾遥遥十載湖州約
至竟司勳著傳多

自是因緣澄風生癡人作夢苦惱警風姨費盡横吹力
花骨錚錚鐵鑄成

玉鏡臺前喜萬千 傾心翻為雪鬚頻此君雙眼青於電

誤盡群兒是少年

萬里家山歸有時江南煙水夢先知芳魂癡遇吟魂甚
直為多情死不辭
花下雙攜月下扶人間豔福勝蓬壺生生世世為兄弟
許伴慈悲佛力無（姬來以四月六日）
此行嶺嶠海計仍非儻是猶存朋腹快一事傲人歌得
寶月雲紅簇布帆歸

廿二

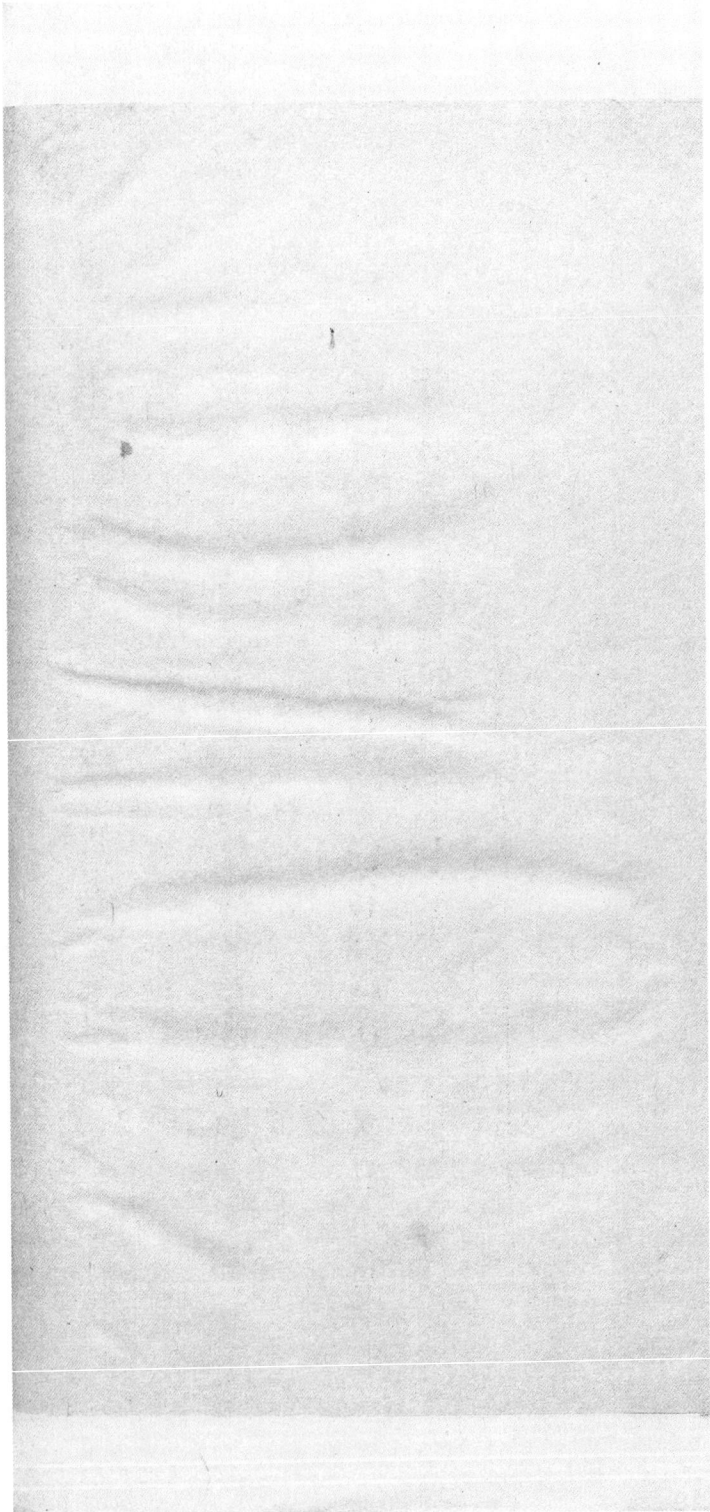

来雲閣詩卷七

奇零集

余於丁卯夏由粤東之潮州航海東歸沅過春申江行未至金陵遘疾寄跡至戊辰冬之始以家屬旋里胡灰滿地衰病索居懷刺生毛閉門四五年幾（竟）無投處癸酉之歲出門求食館閒有憐而收之者而舊時竿木鮑老郎當大氐墨突未黔楚醴已撤十餘年中來往吳會九耕之僕斯免寒餓而已生趣既盡詩懷亦孤而自與夫已氏文字構釁以來沅乃持作詩之戒又以行李所至習見時流壇坫

尤不敢居知詩之名即或結習未忘偶有所作要

之變宮變徵絕無家法正如山中白雲止自怡悅未

可贈人乃知窮而後工古人自有詩福大雅之林非

余望也顧東季（吾友丹陽）符大令數數來問詩稿謂余詩他日

必有知者兒輩亦以（劉甚寧之枕）葺詩為請余未忍峻拒因檢

丁卯至乙酉諸詩稿寫之為寄雲集如天（余已年逾七十六歲）

假之年蠶絲未盡（此後）亦不再編他集矣

還金陵口號

遠遊金粟海重入石頭城賸水殘山裏青蘆芳草橫故

鄉翻作客親舊半歡迎未死屬天幸此來如再生

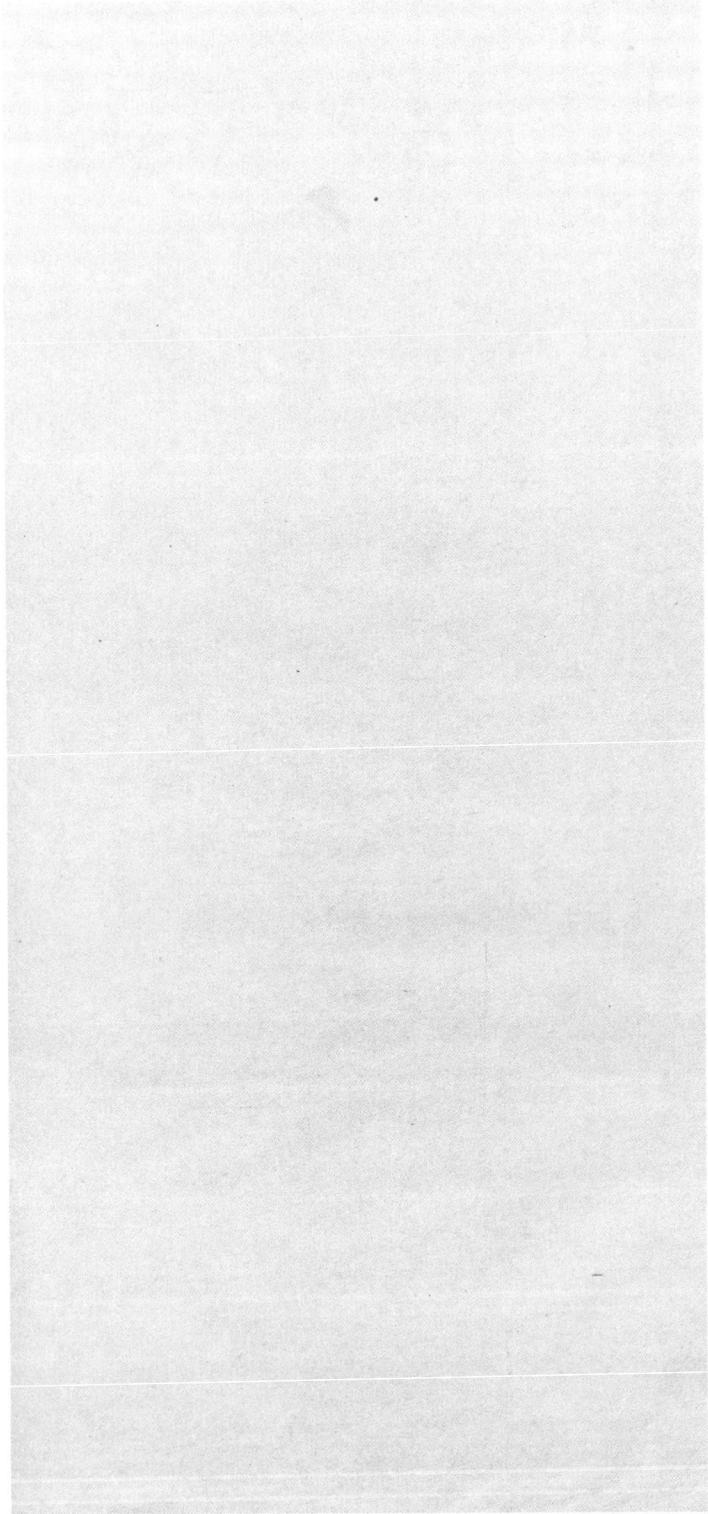

秋蟪吟館詩鈔卷

上元金和亞匏

壓帽集

美人香艸胎自風騷漢晉以來不廢斯體香匳疑雨弥揚其波余生於江東金粉之鄉不無俗耳箏琶之聽籠花心事中酒風光當其少時好爲綺語雖曰動明知春夢而彭澤難諱閒情竟删風懷自慙情僞特入諸本集恐爲方袍幅巾者所呵故别而存之歐陽公之言曰酒黏衫袖重花壓帽檐偏余極愛誦此二語因命之曰壓帽集

一

閒情二首爲秀姑作

春風輭幌換銀釭小婢多言意最憎昨夜落花妝鏡側

瞋郎臨睡不吹燈

紅閨起早怕郎知爲浣羅裙向碧池出手暗瞋春水冷

柳陰通髮立多時

賦得黑牡丹有贈兼調孫竹康

欲買胭脂已斷腸緇塵一例拜花王日高渾訝誰邊影

風定纔知暗裏香祇有夢魂能解語更無顏色可添妝

烏衣公子曾相識恰好雙飛入洛陽

旁人誰解惜花心買酒惟澆此夜深西子多嚬愁黯黯

楊妃殘醉恨沈〻樓臺五尺煙無迹池館三分月有陰
道是江南春第一休論魏紫值千金竹床前春一妓為魏氏故云

鬢影

輕於蟬翼薄於鴉滴〻蘭膏颭〻花側欲成峯燈愰近
疏疑隔霧鏡臺斜窺簾早与肩同露握扇難和面並遮
況是上頭時未到春風吹處作雙丫

唾香

一聲咳唾笑書空輕逐爐煙到下風漱盡薔薇知露冷
嚼餘豆蔻想冰融病中略帶三分藥坐處常留五色絨
經過口脂滋味好熏衣新染趙家紅

二

爪痕

唐錢越李未糢糊彈指聲終色相殊鸞紙珠圓知戲印
蠣牆花斷想慵扶蘭茅偷掐看來是瓜子重拈認得無
佯怒也將郎額點不須鞭背似麻姑

頰暈

一片紅潮乍有情低眉此際定無聲戲言怒為旁人起
誤曲羞從背地生推枕猛驚前夕夢拈鍼瞋喚小時名
凭肩若許輕偎倚微熱休猜是薄酲

釵色

玉柔金嫩一條〻背後看來亦助嬌禮佛欲攙花朵顫

避人還裏鬢絲搖為燒高燭寒尤逼畧漬香油膩不消
便是綠荆卿綰髻清光無礙影蕭蕭

釧聲

隔簾何處送冬丁條脫因風響慣經春㶿猜拳防姊覺
夜濃洗手賺郎醒敲棊猛逐移枰起學字低兼放筆聽
第一銷魂紅燭底帳鉤微觸玉瓏玲

衣紋

春風稱體著衣裳百樣橫斜百道香襟角皺緣郎抱慣
袖頭涴是婢扶將篝籠熏久煙皺碧柳桁收遲露暈黃
曲折不關鍼線迹箏回摺疊縷金箱

韈塵

弓樣紅綃手自提些些玉屑惱文犀多因拜月黏苔垢

半為看花惹薔薇泥立露生憎浮處溼背燈想到撲聲低

鞋尖裙衩三分地蝴蝶飛來莫也迷

只是

娥眉親見過江行料理愁中了此生只是人前無語別

至今心事不分明

調阿采

道李公

暗中情緒費調量不向劉郎道阮郎常是十分留意處

枕邊顛語自疏防

惆悵詞十二首

苦憶通詞第一遭親攜小妹買櫻桃娟〻紅日和人影
剛比垂簾一半高

薄暮誰家學繡歸洗車秋雨正霏〻扇紈為報難遮蓋
已溼紅綾背後衣

風流放誕杏初胎小閣臨街放鏡臺若是橋邊還賣酒
便當一日一回來

自從門鎖綠楊津滿路東風不算春每過紅樓還記着
小時飛燕想成人

有客傳聞近事多就中一事更悲歌為他忍淚無言處

四

不待聽箏喚柰何
錯住紅塵蘇小家一年銀漢又歸槎寒梅不是搖錢樹
收拾殘妝已落花
從此懨懨病不支如今況改舊丰姿春陰三月迷濛雨
都是楊枝待死時
說有情人已誓釵六張五角事難諧黄金臺子今何在
要買蛾眉骨去埋
平生事事易回腸不問何人已暗傷況把小姑居處說
曾經留意到東牆
更無妙手挽迴瀾此恨惟憑濁酒澆悔不當時明月下

自通名姓是文篇

眼中祇見此傾城醉夢難禁太息聲爲問身旁窮鬼意
底教紅粉不聊生
替寫冤詞愧未工卻將心事祝天公美人顔色才人筆
莫再虛生苦海中

清明前一日作

禁煙時節燕來初惆悵瑯邪王子輿九曲青溪畫春水
不知何處小姑居

贈韻孃二首

臨邛消息斷知聞五載相思到十分今夜萬家燈火裏

五

卻從巫峽見殘雲

愁風愁雨小花枝已似徐孃半老姿我較諸君多眼福
上頭親見試妝時

有嘲

晨餐無意底含顰暗倚桃根悄背身可是綠陰偷眼處
花心如醋要生仁

次韻香匳六首為香窩題畫意

曉妝商畧一分差鳳髻鴉鬟總假些記著那回春睡起
滿頭花片玉釵斜髮

刺人心語劇辛酸對面嬌羞欲掩難休翦瓶花佯不解

試南明鏡与卿看　腮
金柳紗裁半臂新繡牀閒後凭闌頻人前無意輕〻捻
酸徹心窩不敢顰眉
破瓜年小太含羞一角紅牆礙肚兜怕是羅衫無約束
納涼時節屢低頭亂
最瞋人說近生兒亦不須誇似柳枝除卻玉郎親抱過
妾身肥瘦許誰知　腰
地衣皺處散香埃更印青泥下玉階誰信百花屏後事
替穿羅韈替兜鞵　足
調香窩

六

翠樓人散燭花淚移過秋蘭蘸水沈畫下繡簾慵看月
理簫難問此時心

即席題月月紅畫扇有調

乞取蓉城不散霞初三下九總開些江南那得無蘭菊
風月常新是此花

再題百花障子前詩調之今謝之矣

春來幾箇好黃昏曾幾番寒不肯溫怪是百花無氣力
被風欺盡受風恩

偶效香匳體二首

人前無意罵阿侯話裏淚淚滅燭羞女伴乍聞齊一笑

繡牀凭畫不回頭

自下重幃自埽牀枕邊衾角暗回腸分明自己羞難説

郤擘春葱悄指郎

贈影孃八首

青溪南去板橋東十里簫聲畫下風記得相逢剛一笑

滿船明月水當中

五尺雲鬟亂未梳初三下九簇錢餘如今似解愁中事

不愛彈箏不學書

玉寒珠瘦莫輕論秋水春山綽約痕當作海棠燒燭看

更無香處更銷魂

七

葳蕤溪鎖一分春絮果蘭因總後塵珍重千金好聲價
莫教錯認乞漿人
闇香有意逐風來休作閒蜂浪蝶猜杜宇一生愁萬種
逢情也爲好花開
未免輕狂不老成軟言我輩最鍾情願將萬斛梨花酒
錦瑟旁邊醉半生
拈花我欲證維摩去日風情減已多萬里平沙一草子
爲誰從此不銷磨
香燼燈昏月照帷近來有味是相思明知事後皆春夢
奈是沈酣未醒時

影春詞二十四首

冶葉倡條畫下塵揚州没箇可人人枕邊細數年時事
花影中間一片春

畫船初次倚闌干暗背紅燈子細看覷破狂奴狂太甚
對人一笑擲輕紈

聞說樓居敞綺筵橫來作客費夤緣論年我少真僥倖
得傍金釵坐一邊

有意來敲雨裏扉扁舟須待晚晴歸秋天漸覺新涼重
許借生綃襯體衣

日逐相逢日逐親佩環漸欲近人身酒邊未敢実調笑

八

唶結丁香更不瞋
許郎擁背手親攜教寫鴛鴦字未齊隔著羅衫突領畧
聞香不覺醉如泥
百樣嬌憨恃小年風流放誕菊花前儘人抱慣渾無賴
佯醉多時膝上眠
為是題詩露戲言低眉半日更銷魂商量直沒溫存地
難得賣花人打門
寒窗卯飲輭潮紅教枕呻吟更怯風我自偷從身後睡
替他扶住小熏籠
薄有猜嫌去未言強邀人至始開門近來三日無梳洗

燒燭教人數淚痕
春病淚〻泣似灰般勤寬藥雪中回香鑪祇恐沈檀熱
纔許衾窩煖手來
錦襖淚藏蟈〻鳴春蕙畧點又無聲問郎可有秋蟲福
輭玉懷中過一生
定要聞香側向懷玉牀無計更推開瞋郎惡劇憐郎醉
忍笑通知阿母來
衆裏金尊厭笑譁暗通眉語出窗紗夜涼攜手看明月
人影如煙上落花
有約湔裙到冐遲曉鶯纔上綠楊枝猜郎此意渾癡絕
九

衹為看儂未起時

踏青未倦早還家新買秋千屋半遮泥我來扶扶不上
紅裙壓住海棠花

小隊排當百戲陳貪看鄰婦作生辰夜深無計留人伴
故借些些事惹瞋

偷捉迷藏髮盡遮被孃瞋問語糢糊明知不是花前睡
免得頳顏暈頰無

紅兒理髮我凭肩兩面相看一鏡圓直到妝成始回首
拈花教插鬢旁邊

無端孃怒夜凭闌替拭羅襟淚點乾紅錦肚兜金絡索

着回輕被我偷看
小樓出浴被催頻無意推窗尚露身怒又不成羞又甚
奉將蘭水欲澆人
無言閒倚繡牀窺細意兜鞋竟不知立起暗驚裙帶解
被人偷去已多時
聞說劉楨富聘錢菱花風急嫁人天如今應失紅閨伴
不約多言侍女眠
底事茶嬌都易醉而今柳小未成陰此余前贈孃孃句也影池年
記取停車認酬會驕花一種心
為秀姑題小畫幅語皆本事秀姑意也八首
十

歡來隔簾立語作吳孃聲開簾卻見歡賺儂含笑迎 笑

歡知儂膽怯紿儂自歸房繄姑當戶立渾是白衣裳 瞋

小妹不解事見歡偎儂儂懷道歡來抱儂急推歡走開 羞

不肎催歡睡伴歡到溪更佯去覓鍼線分明雙眼餳 倦

夜來歡夢惡曉間歡戲言不覺儂意癡燒香多淚痕 悲

臨鏡尚未罷歡自折花來難得歡心細枝枝都半開 喜

憐歡夕夕醉替歡攣叵羅拌儂花下眠只防歡酒多 醉

背歡食紅棃棒心眉晴顰對歡彊理箏怕歡來怪人 病

寄朵雲

牽牛花底促晨妝此事思量太斷腸剛是與卿離別後

早秋涼信夜初長

爲伊

如花情重難爲別一別如花病幾時瘦盡吟魂曾不悔

爲伊直得費相思

惆吟四首

自別桃花恨萬千紅牆真個在青天一條江水如腸轉

兩字春愁但口傳多故漸難通問訊此行方得遂夤緣

誰知風雪吟鞭裏薄倖遲來已半年詮[illegible]方

拚家年何苦憐儂司嫁出巫峯[illegible]種田中歷

曾說重逢定有時今經遠嫁豈勝悲錢方論樹原無福

忍淚[illegible]能傾淺鐘若病不妨真死別他生[illegible]再逢

鏡欲留花要是處始信去因真萬幸可知出見夢更相思

半圓芳影相攜處難與愧柯綠絕蹤

十一

最憐昔別殷勤語便作元郎決絕詞
何事人前脫綺羅無端打鴨起風波故鄉
小婦都甘受折磨一種秋花憐急性年堅春玉累微痾
金屋神仙尉可似書生體貼多
蘭滴□和淚細斟苦邀侍婢話更深去時門有香鞋印
留下箏無玉指音□□□□□□伊前誰表再來心
即今滿眼閒脂粉不值江湖賣賦金
○大風雪抵瀨陽飲初蓉家郎贈
相逢淚眼更難開且破愁顏一舉杯昨夜吳船風雪裏
見卿猶是夢中來

倚紅本事詩八首

與金爭豔與珠寒眼下名花比並難芳譜為卿高畧徧
最香棠樹最紅蘭

媚骨無煩鬬綺羅男兒薄福可如何若論荊布平生願
淚比金尊酒味多（倚紅為金壇良家子所天匪偶流寓瀨陽入平康籍非其本意也）

前生情種是瑯邪得入蓬山便當家我亦散仙無賴者
要來一飯乞胡麻

不近棋枰不理琴聽霜聽雨意沈沈儘他淡到無言處
相對難禁護惜心

從來北里厭經行忽許將攜步月明曾是玉人鞋過處

十三

至今春土有花生

莫怪門辭俗客譁，本來絮雪富才華。偶然說出如花句，慙愧書生應會差。

誰將讕語報臨邛，暗鎖春山欲懺儂。一載入門歡笑慣，着回初覺有矃容。

半生頹面走黃塵，未必焦桐遇賞真。何幸芙蓉妝鏡下，常垂青眼得伊人。倚紅能讀相人書，於余頗有期許。嘗贈聯云：老我緇塵常失路，多卿紅粉獨知音。蓋紀實也。

題佩秋女士倚竹圖三首為嘉興沈書森暐寶司馬作

月華風籟儘生疏，盡日無人遶夢初。竹外水雲三百頃

祇應分與沈郎居
近來深鎖翠樓春繞徑難尋畫裏人時佩秋（有所避）我已三生
饒眼福當時親見玉精神
爲是卿癡我欲癡天寒袖薄倩誰知美人心事詞人夢
同此蒼茫獨立時

即席贈琵琶妓四首

水樣春寒戰酒兵千條紅燭照花明推簾忽奏琵琶起
此是教人醉死聲
豔歌未罷忽低頭聽不分明語太柔豈是有心邀顧誤
最銷魂字尚含羞

十三

不管江南客鬢華無端唱到月兒千（金陵妓最善此曲）當時多少春鶯語柳色如今何處家
比花顏色惜花年金屋誰家好拂絃莫遣江州白司馬爲卿老淚對秋天

七夕感舊

縞衣如葉骨瓏玲縱在人間亦獨醒曾是倚闌拌醉處~~而~~与誰今夕數雙星

題畫折枝天竹小幅留贈初蓉

雖然不似好花枝也是瓏玲紫玉姿寄語慈雲來往佛替他調護暮寒時

琵琶商調曲二十首為繡平作 繡平工琵琶不喜歌時人曲謂其太俚属余撰為雅詞而又必老姬能解者但述本事不得鑿空余徇其請於飲酒時命繡平隨舉意中語稍以韻排比之繡平即譜入琵琶商調應聲而歌技亦奇矣

郎初見妾時憐妾多淚痕道妾生平愁盡妾意中言

妾自見郎後知郎情最真敢作尋常語看為行路人

妾心多少事事事不如意今日在郎前不能諱一字

郎如補恨天郎是忘憂草使妾自料理不得似郎好

蘭陵芙蓉花少亦千百枝郎乃獨采我此意妾能知

門前車馬喧貴客爭何許郎來如春風〻外盡塵土

一從妾有郎妾飯知滋味一從妾有郎夜〻妾酣睡

妾生無酒腸郎苦勸斟酌與郎賭十觴小醉殊不惡
年〻秋病生妾最憎藥裹感郎寬醫方停妝試栳(爐)火
夢遊火山南更至雪山北上天與下地如郎難再得
燕卵乃伏雛棗樹乃結棃江河向西流是妾離郎時
征帆乘長風郎行海東頭但祝郎早歸送郎無淚流
豈不願郎留豈不惜郎去郎身非閒人甯為妾身誤
常常寄郎書不作相思語僉說妾相思恐會(招)郎意苦
郎行日以遠春回郎未回旁人笑妾癡妾知郎必來
郎行竟不來妾亦不悔錯何曾郎心移自(由)然妾命薄
郎行今果來去已半(一)載餘知妾無祇疑有心不寄書

城中一萬人識郎有九千不如妾信郎語〻鑄鐵堅
郎情重如山妾心止於水一日妾不死在郎魂夢裏
一日妾倘死死豈忘郎恩在郎襟袖間從郎訴妾魂

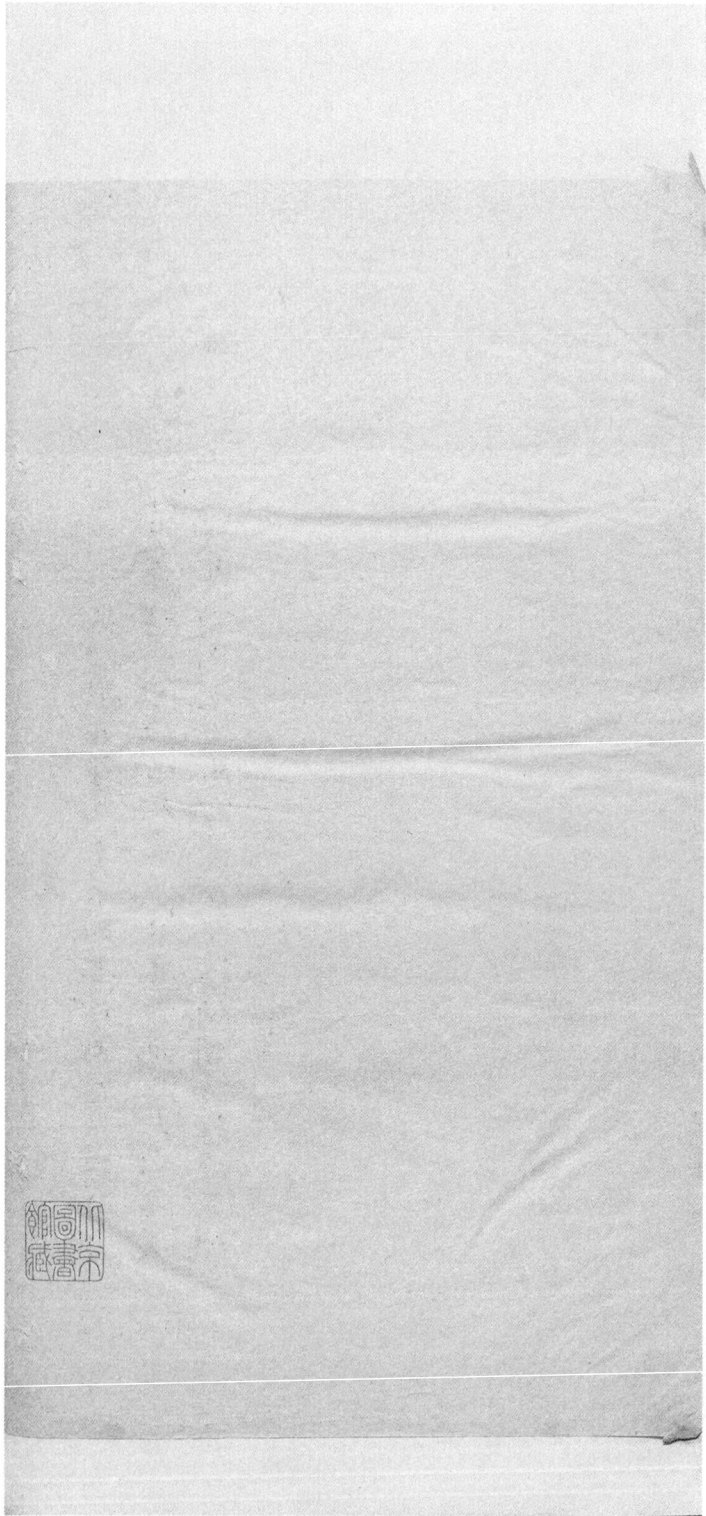